braumüller

Claudia Sammer

Als hätten sie Land betreten

Roman

braumüller

Bibliografische Information der Deutschen Nationalbibliothek
Die Deutsche Nationalbibliothek verzeichnet diese Publikation in der
Deutschen Nationalbibliografie; detaillierte bibliografische Daten sind im
Internet über http://dnb.d-nb.de abrufbar.

Alle Rechte, insbesondere das Recht der Vervielfältigung und Verbreitung
sowie der Übersetzung, vorbehalten. Kein Teil des Werkes darf in irgend-
einer Form (durch Fotokopie, Mikrofilm oder ein anderes Verfahren) ohne
schriftliche Genehmigung des Verlages reproduziert oder unter Verwen-
dung elektronischer Systeme gespeichert, verarbeitet, vervielfältigt oder
verbreitet werden.

1. Auflage 2020
© 2020 by Braumüller GmbH
Servitengasse 5, A-1090 Wien
www.braumueller.at

Coverillustration: Shutterstock | © DODOMO
Coverhintergrund: Shutterstock | © Abstractor
Druck: Buch Theiss GmbH, A-9431 St. Stefan im Lavanttal
ISBN 978-3-99200-285-6

Anmerkung der Autorin
Umwelt- und Artenschutz sind mir ein zentrales Anliegen. Aus diesem Grund werde ich die Hälfte der Einnahmen aus dem Verkauf meiner Bücher als Spende an die Organisation *Vier Pfoten* und an den *WWF Österreich* überweisen.

C. S.

Inhalt

Die eine Beziehung 9

Und immer war es genug 14

Aber nicht die Nähe 24

Flatternde Angst 35

Die Ärmste von uns 43

Eine unerwartete Betonung 52

Dass sie es war 61

Ins Netz gegangen 67

Die Unschuld der Schuld 77

Eine Begabung für das Schöne und das Gute 86

Traumsequenz 101

Sie dachte größer 107

Das Springen wird denkbar 117

Ein unscheinbares Ende 128

Paralleluniversum 146

Wir sind kein Augenzwinkern 151

Wie feinstes Glas 161

Verzeichnis der Zitate 174

Die eine Beziehung
Dorothea

[…] achtens du sollst nicht denken, denn es wird für dich gedacht, neuntens du sollst nicht fälschlich schreien! Gib nur, gib immerzu, nimm niemals nichts!

Der Tod war gestern unerwartet gekommen. Aus dem Hinterhalt hatte er sie angefallen, als er das Fischfleisch in Schwester Agnes Hals verkeilte, die nicht schluckend, sondern würgend Brotstück um Brotstück dem Fremdkörper hinterher schob, auf dass dieser sich löse, doch es geriet dort unten nichts in Bewegung, nicht mundwärts und nicht abwärts ließen die Brocken sich treiben, alles steckte. Die ins Leere arbeitende Peristaltik gab auf und Schwester Agnes ergab sich dem unergründlichen Willen des Herrn.

Die Mitschwestern waren in Hilflosigkeit erstarrt, es kam erst Bewegung in sie, als diese aus Schwester Agnes gewichen war. Auch für sie war es schwer zu ertragen, dass eine der ihren so unerwartet und schnell in die Ewigkeit beordert worden war. Man hielt an seiner menschlichen Hülle fest, an diesem Körper, den sie so sorglos behandelten und dennoch sorgsam einhüllten und wegsperrten.

Schwester Agnes Ende war anders gewesen. Sie kannten den einsamen Tod in der Zelle, das geräuschlose Davongleiten, das vom beruhigenden Ritual des letzten Sakraments begleitet wurde. Den Tod, auf den man sich vorbereiten konnte, mit dem man spekulierte und manchmal verhandelte, um sich schließlich seufzend in seine Arme gleiten zu lassen. Die Angst vor dem Sterben jedoch, vor diesem allerletzten Schritt, machte vor den Klostertoren nicht Halt.

Eine seltene Unruhe befiel sie, ihre tägliche Routine drohte zu zerfallen. Sie hasteten durch die Gänge, begannen mit den Vorbereitungen für das Begräbnis und hielten auf halbem Weg inne, als hätten sie den Faden verloren. Als hätte der Todeskampf, der vor aller Augen so banal zwischen Fisch und Brot dahergekommen war, Erinnerungen geweckt, die sich nicht wegsperren ließen.

Schwester Dorothea machte sich Vorwürfe, sie fühlte sich schuldig. Schuldig des Unterlassens einer hilfreichen Handlung, einer rettenden Geste. Wie versteinert war sie neben Schwester Agnes gesessen. Sie hätte sie hochreißen und ihr einen Stoß gegen die Rippen versetzen müssen. Sie hatte nichts unternommen, keine Angst und kein Leid verringert, keine Hand gehalten, keinen Trost gespendet. Nicht einmal Zeit für ein Gebet.

Damals hatte sie gebetet. Hatte das genügt? Sie hatte viele betrauert, Vater und Mutter, ihren Bruder. In Gedanken hatte sie sich mit ihnen verbunden, den Moment des Abschieds teilten sie nicht. Sie wusste nicht, ob ihre Gebete den sterbenden Angehörigen Trost gespendet hatten, sie hatte darauf vertraut, und auf einmal waren da Zweifel. Sie wäre gerne am Sterbebett der Eltern gesessen, hätte ihnen die Hand gehalten und sie teilhaben lassen am Glauben in die unerschütterliche Liebe Gottes. Sie hätte mit ihnen gesprochen und ihnen die Angst genommen. Einzig ihr Beten konnte sie ihren Lieben entgegenschicken oder besser nachschicken, ohne zu wissen, ob es sie erreichte. Darüber durfte man nicht sprechen, über die Fragen wurde das Schweigen gebreitet.

Die Unsicherheit der Mutter hatte sie erst in den letzten Jahren verstanden. Langsam hatten sich Antworten geformt, sie fand sie entlang des Weges in die Innerlichkeit, den sie vor so vielen Jahren angetreten war. Sie hatte begonnen, die Tragödie dieser Frau zu verstehen, die alle Erwartungen in ihre Familie gesetzt hatte und sich dabei versagen sah. Sie war an ihren Ansprüchen gescheitert. Hier die ins Kloster geflüchtete Tochter, deren Lebensentwurf so konträr zu den in sie gesetzten Erwartungen war, dort der schwierige Sohn, der sich mit seinen Aggressionen um Frau und Kind gebracht hatte. Und der Ehemann, der sich ihr, oder sie sich ihm, unwiderruflich entfremdet hatte. Sie hatten nicht mehr zueinander gefunden und nahmen Abschied in gegenseitigem Unverständnis und stillem Vorwurf. Unscheinbare Worte hatten die Liebe zerstört und das Selbstverständnis infrage gestellt. Es war immer die Summe der kleinen Teile, die das große Ganze formte.

Die Liebe zwischen Mann und Frau war Dorothea fremd geblieben, das hatte sie sich eingeredet, daran wollte sie glauben. Als sie jünger gewesen war, hatte sie ihren Körper betrachtet und ihm ihre Aufmerksamkeit geschenkt. Sie hatte davon geträumt, dass zwei Körper zu einem verschmelzen, zu einer Einheit, aber sie hatte den Verlust dieser Erfahrung nicht ernsthaft bedauert. Sie schien ihr unwirklich, hauchdünn und zerbrechlich wie feinstes Glas oder wie Seifenblasen, im Entstehen schon dem Ende geweiht.

Manchmal überkam sie eine leise Sehnsucht, in unbedachten Momenten wurde sie laut. Sie dachte an die unwiederbringlich vergangenen Möglichkeiten, dachte an das Kind, das sie nie empfangen und gestillt hatte, und das sich nie in ihre Arme flüchten würde. Sie wäre wohl eine jener Ehefrauen und Mütter gewesen, die sich im ständigen Bemühen, es den anderen recht zu machen, aufrieben, die zwischen Pflicht und Verantwortung verglühten. Sie machte sich nichts vor, zeichnete nicht das Bild einer trügerischen Harmonie, die scheinbar nur Halt gab. Sie wusste, dass ein Riss genügte, um der Idylle den Boden zu entziehen. Dann musste man alles von sich schieben und sich durchlavieren, dann hatte man sich nichts mehr zu sagen.

Vergangenes und Gegenwärtiges schoben sich übereinander und überblendeten einander. Am Anfang hatte der Raum zwischen Küche, Bett und Bad genügt, klar umrissene Grenzen. Der Anfang lag im Trüben, die Augen suchten vergeblich Halt, bloß ein diffuses Gefühl war greifbar. Sie hatte das normale Leben, jenes Leben, das die Eltern ihr zugedacht hatten, gegen die *eine* Beziehung getauscht, gegen eine Beziehung, in der das Gebet alle Zweifel niederrang.

Und immer war es genug
Lotti und Veza

[…] als sich ihre Bahnen berührten, aus nächster Nähe aufeinandertrafen, wie zwei gespannte Bogen erklangen, sich krümmten, einander anglichen und dann wieder in ihre ursprüngliche Spannung zurückschwangen.

Es war keine Freundschaft auf den ersten Blick gewesen. Vezas Fleiß hatte Lotti zu allerlei Streichen angestachelt, Tinte war rein zufällig neben Veza aus ihrer Feder getropft, sie hatte ihr Ameisen, Gras und sogar einen Regenwurm in die Schultasche gesteckt. Als sie in die Bankreihe vor Veza gesetzt wurde und diese ihr geschickt die richtigen Antworten von hinten einsagte, verwandelte sich der Spott nach und nach in aufrichtigen Dank.

Der Anfang ihrer Freundschaft war schön. Wie ein sorgsam verpacktes Geschenk lag sie vor ihnen. Sie öffneten die verknoteten Schnüre, das Papier hob sich, sprang auf und sie erhaschten einen Blick ins Innere, sahen Farbe aufblitzen und Form. Langsam kamen die Mädchen einander näher. Sie teilten ihre Füllfedern, Pausenbrote und Bürsten, ihre Gedanken, Wünsche und Träume. Sie waren albern, bewarfen sich mit Satzbällen und Kügelchen, die sie aus dem Inneren ihrer Brote schälten, und konterten mit federleichten Returns. Die Scherze flogen hin und zurück, ein beständiges Kichern und Kudern, das sich in Lachsalven entlud, an denen sie fast erstickten. Es summte und zwitscherte zwischen ihnen und um sie herum, ein Wort ergab das andere, eine Bewegung die nächste. Manches, was sie von sich preisgaben, war so geheim, dass sie meinten, sich nie mehr trennen zu können, sie vertrauten einander blind. Dass man sich einem anderen Menschen so vollständig und freiwillig ausliefern konnte. Der gemeinsame Blick war ein Filter der Wahrnehmung, er blendete das Schwere aus, bloß das Lichte und Gute blieb sichtbar. Doch hinter ihnen grollte die Welt und alles stand auf dem Spiel.

Lotti hasste ihre Familie, sie hasste die Selbstverständlichkeit, mit der diese sich anmaßte, über sie zu bestimmen. Es war vorhersehbar, dass ihre Eltern, die sich geschickt arrangiert hatten, ihr jeden weiteren Kontakt zu Veza untersagen wollten. Für echtes Interesse an der eigenen Tochter war kein Platz, alle waren zu sehr und ausschließlich mit sich selbst beschäftigt, die Mutter mit Einladungen und der Auswahl der Kanapees für die Gäste, der Vater mit der Produktionsleitung in einem Zulieferbetrieb der Rüstungsindustrie und ihr Bruder, mit dem sie, als sie klein waren, quer durch

Haus und Garten gespielt hatte, war ein unangenehm von sich selbst eingenommener Wichtigtuer geworden. Lotti hatte sich nie für Politik interessiert, erst seit an der Schule die Stimmung umgeschlagen war, scheinbar von einem Tag auf den anderen, war sie hellhörig geworden. Die politische Weltanschauung drängte gewaltsam in den Vordergrund, sie drängte sich zwischen Lotti und Veza, keilte und drängelte, und Veza driftete ab und verlor ihren Halt.

In den selten gewordenen Stunden zu zweit erschufen sie eine gemeinsame Zukunft. Sie flochten ein engmaschiges Netz, in das sie sich fallen ließen, ihr Sicherheitsnetz, ihren doppelten Boden. Sie lehnten Stirn an Stirn und erforschten das andere Gesicht, die mehrfach geschwungene Form des Ohres und die Zartheit des Lids, von den Wimpern wie mit Stacheln bewehrt. Die Haut darüber war vergleichsweise rau, fast gelblich, die unregelmäßig wachsenden Brauen schienen, aus der Nähe betrachtet, fehl am Platz, Schutzwälle in einer hügeligen Landschaft. Ihre Fingerkuppen folgten Erhebungen und Tälern, sie ertasteten Unebenheit und brüchige Ränder, Scherben strebten aufeinander zu, fügten sich zu einem Ganzen, zu Anerkennung und uneingeschränktem Sein. Lotti fühlte Vezas Unsicherheit, fühlte den Wunsch, das Aufstehen am Morgen brächte nichts als die Routine eines neuen Tages, kein Anderssein, kein Verstecken und keine Angst.

Im unmittelbaren Spüren war die innere Ordnung intakt, sie hatten festen Boden unter den Füßen, es war, als hätten sie Land betreten. Sie würden im Gleichschritt gehen, sie würden studieren, lesen und lernen, sie würden arbeiten und ihr eigenes Geld verdienen. Sie würden heiraten und Familien gründen, sie hätten je drei Kinder desselben Alters. Sie würden Tür an Tür wohnen, die rechte Wand des einen Hauses wäre die linke des anderen. Durch die Wand würde das gedämpfte Anbrechen des Tages herüberdringen, die Kleinen quengelten, immer waren sie spät dran, Wasserrauschen, treppauf und treppab hastende Füße, klappernde Töpfe, das erlösende Geräusch der ins Schloss fallenden Tür. Sie waren allein. Mit Klopfzeichen verabredeten sie sich im Garten. Sie deckten ein zweites Mal, nun für sie beide, die eine brachte Kaffee und Marmelade, die andere Brot und Gebäck. Sie schoben das Tischchen aus dem Schatten und genossen die Stille, an der Hauswand war es angenehm warm. Schläfrig blätterten sie in der Zeitung, sie erkundigten sich, wie die zahnenden Jüngsten geschlafen hätten und bemitleideten einander für die schlaflose Nacht. Wenn die Sonne wanderte, rafften sie sich auf, Geschirr und Stimmen, Lachen und Schelte, das alltägliche Lärmen, begleitete den restlichen Tag. Am Abend würde die anbrechende Nacht durch die Mauern sickern, leise Stimmen, Wasserrauschen, das Schließen der Balken. Mit Klopfzeichen wünschten sie sich eine ruhige Nacht.

Es war Veza, die den Gedankenspielen eines Tages ein unerwartetes Ende setzte. Sie war fahrig gewesen, nervös. Mehrmals fragte Lotti sie, was los sei, doch Veza blieb abweisend, sie biss auf ihren Lippen herum, mit den Fingern zupfte sie an ihrem Haarband aus rotem Samt, das sie so liebte. Wenn sie nicht mir ihr sprechen wolle, solle sie gehen, fuhr Lotti sie schließlich ärgerlich an, und da öffnete Veza den Mund. Sie müsse ab kommender Woche die jüdische Schule besuchen. Weil nicht sein kann, was nicht sein darf, fügte sie hinzu.

Lotti blieb alleine zurück. Weil nicht sein kann, was nicht sein darf, hallte es in ihrem Kopf nach. Als die Starre wich, kamen die Tränen. Das Neue war zu groß. Es brodelte und schwappte über, flutete Gleichmaß und Ruhe und spülte sie fort. Veza war überall. Lotti verknotete ihre Finger, sie fühlten sich fremd an, sie blickte in den Spiegel und sah Veza, sie schloss die Augen und Veza starrte zurück.

Die Abwesenheit der Freundin in der Schule war gegenwärtiger als ihre Anwesenheit zuvor. Ihr Platz blieb leer, im staubigen Bankfach lag nur ein angebissener Bleistift. Lotti strich mit der Hand über das Pult. In der linken, oberen Ecke hatten sie ihre Namen eingeritzt, ihr Finger fuhr die feinen Linien entlang, bis er taub war. Lottis Haut wurde überempfindlich, sie wartete auf die Berührung, das Streifen des Armes beim Schreiben, das

Greifen nach der Hand, das absichtslose Herabfallen des Haares, wenn sie sich zueinander beugten. Tiefer und tiefer versuchte sie, ihre Sehnsucht in sich hineinzustopfen, bis zur Unkenntlichkeit wollte sie sie zerkleinern, zusammenlegen und ordnen. Um Platz zu schaffen für mehr. Nach fünf Tagen kam es zum Ausbruch, Lotti konnte nicht mehr, sie war am Anschlag, sie platzte. Es war das erste Mal, dass sie ihre Eltern anschrie, das erste Mal, dass sie die Dinge beim Namen nannte und die bequeme Rolle der verwöhnten Tochter verweigerte. Sie tobte, bis sie vom Vater auf ihr Zimmer geschickt wurde. Er bebte vor Wut, er hielt es nicht für nötig, sich vor seiner Tochter zu rechtfertigen, ein dummes, ahnungsloses Kind. Sie waren rechtschaffen, sie hielten sich an die geltenden Gesetze. Sie hatten sich nichts vorzuwerfen.

Seit sie verschiedene Schulen besuchten, waren Lottis und Vezas Tage von Heimlichkeiten geprägt. Ihre Freundschaft mussten sie wegpacken und vor neugierigen, missbilligenden Blicken verbergen. Die langen Stunden, in denen sie auf die nächste Begegnung warteten, füllten sie mit ihren Träumereien. Mussten sie das Wachsein nicht vortäuschen, überließen sie sich mit geschlossenen Augen einer anderen Welt, einer Welt ohne Verbote, in der sie frei waren und unbehelligt von Vorschriften und Gesetzen. In diesem Raum mussten sie sich nicht ducken, sie konnten sich strecken und wachsen. Wie in einem

Prisma brachen sie die Zeit und schoben die verschiedenen Ebenen übereinander. Sie reisten vor und zurück und träumten parallel. Sie waren bloß Lotti und Veza, und das war so vieles und so wenig zugleich. Sie drehten und wendeten sich, marschierten auf Händen und hingen kopfüber. Und immer war es genug, von oben und von unten, von vorne und von hinten betrachtet, immer war es mehr als genug, es war ihnen alles.

Und immer war es Sommer, wie damals, als sie den Mutigen zugesehen hatten, die mehrfach verknotete Seile in die Erle geknüpft hatten, deren Äste weit über das Ufer hinausragten. Oft waren sie mit ihren Rädern zur Seewiese gefahren, sie hatten den gewagten Klettereien zugesehen und sich die Sonne auf den Bauch scheinen lassen. Gleichzeitig ahnten sie, dass die Gegenwart schon morgen eine bessere Vergangenheit wäre, in diesem ewigen Herbst, in dem selbst die Jahreszeiten die Orientierung verloren hatten, denn es wurde nicht Winter. Die braunen, vertrockneten Blätter hingen an den Ästen, klammerten sich trotzig an den Baum, als fürchteten auch sie den Fall ins Nichts und den Anfang von allem.

Lotti und Veza trafen sich zweimal pro Woche. Einmal vor Lottis Tanzstunde, einmal nach ihrem Klavierunterricht. Je dreißig Minuten waren alles, was sie dem Alltag abringen, was sie heimlich in ihre Tage zwängen konnten. Manchmal wurden sie aufgehalten oder mussten einen Umweg fahren, um nicht Dritte auf ihre Fährte zu locken. Mit aller Kraft traten sie in die Pedale. Ein Stück hinter dem Badestrand bog ein verwachsener Weg bergwärts ab. Folgte man dem Pfad, erreichte man eine vom Ufer nicht einsehbare Hütte. Im Hochsommer, wenn die Sonne im äußersten Westen unterging, erreichten ihre Strahlen diesen verborgenen Winkel. Der Berghang duftete nach Harz, die Wände verströmten einen leicht rauchigen Geruch. Sie saßen dann vor dem Häuschen und wärmten sich am Holz. Schmetterlinge tanzten über die Wiesen, ihre bunten Flügel leuchten kurz auf, wenn sie einen Lichtstrahl querten, das Leuchten erlosch, sobald sie in den Schatten zurückkehrten. Die Luft war erfüllt von Summen, von Flügelschlägen und dem Zirpen der Grillen. Sie malten sich aus, wie es wäre, hier einzuschlafen, hier aufzuwachen, sie würden dem Licht folgen, einschlafen, wenn es ging, aufwachen, wenn es kam. Sie würden die Türe öffnen und den Duft des Waldes und das Rascheln der Blätter empfangen, es gäbe kein Innen und kein Außen, bloß ein Teil-Sein, keine Absichten, nur beobachten, warten und schauen.

In der Hütte hatten sie eine fleckige Matratze gefunden, eine umgedrehte Obstkiste und alte Zeitungen. Die Luft war abgestanden und verbraucht. Sie malten sich aus, wer hier gehaust haben mochte, ein Flüchtiger vielleicht, suchten das Innere nach Zeichen ab. Sie fanden wenig, ein ungelenk geritztes *A*, eine Liste aus Strichen, je sechs in einer Reihe, ein siebter quer darüber gesetzt, als hätte jemand das Vergehen der Zeit ordnen wollen, Brandmale, zwei eingeschlagene Nägel. Sie trugen eine Decke herauf und Kerzen, Äpfel und Zwieback, nahmen den Raum in Beschlag. Ihr Versteck mussten sie mit zahllosen Spinnen teilen, die ihre Netze der Decke entlang webten. Wenn es hell war, konnten sie die feine Struktur erkennen, wie ein Schleier schwebten die Netze über ihnen, an lichtarmen Tagen verschatteten sie das Innere, und die Mädchen zogen unbewusst die Köpfe ein. Sie liebten ihren Unterschlupf auch in den dunkleren Stunden.

Wenn sie zusammen waren, erwachte das Leben. Sie konnten wieder staunen und erkundeten ihre Gedanken und Körper mit einer solchen Zartheit und Dringlichkeit, dass sie manchmal innehielten und sich wunderten, dass sie atmeten. Vielleicht hätten sie sich für einen Moment das Aussetzen des Atems gewünscht, gemeinsam in die Innigkeit zu entgleiten. Mit dem Rücken zur Wand saßen sie am Abgrund der Wirklichkeit, gegen die sie sich mit aller Macht stemmten und der sie nichts entgegenzusetzen hatten.

Sie verstanden, dass nicht nur das Tosen der Welt gegen sie war, sondern auch die Zeit. Sie verpackten in Minuten, was sie in Stunden auskosten wollten, verschnürten ihre Gefühle zu Päckchen, Happen gleich, die sie bloß vor dem Verhungern bewahrten.

Die Grenzen des Gewohnten hoben sie auf, sie nahmen es auseinander und setzten es neu zusammen. Schnittmengen genügten ihnen nicht, sie wollten Deckungsgleichheit, sich mit Stimmen und Gesten ununterscheidbar vermengen.

Sie mussten sich nicht erklären, es gab keine verborgenen Türen, und von den Abgründen wussten sie längst. Sie kannten den nächsten Schritt und den übernächsten, sie überschauten die komplizierte Abfolge, das Straucheln und Stolpern, das Tänzeln und Schweben.

Sie erschufen sich ihre Sprache und ein Wort war mehr als ein Wort, es barg Sätze und ganze Geschichten.

Sie konnten ein Beginnen denken, aber kein Enden.

Sie waren nicht namenlos, sie hatten eine Geschichte.

Aber nicht die Nähe

Veza

Hier haben sie es verknetet, das Leben mühsam zusammengehalten, soviel sich davon in der Kürze einsammeln ließ.

Im Hause Herczeg nahm man die Bedrohung nicht ausreichend ernst. Man hatte Bekannte, die sich Visa für eine Ausreise verschafft hatten, die nichts anderes als eine Flucht war, und man hatte Bekannte, die davon abrieten, die nichts Gutes zu berichten wussten. Sie erzählten, dass man sie dort, in den anderen Ländern, ebenfalls schlecht behandle, dass man vor ihnen Angst habe, sie interniere und für Spione hielte. Dass man sie nach Belieben weiterverschicke und sich aus der neuen Heimat keine Heimat machen ließe. Sie waren unschlüssig und blieben, hielten an dem fest, was sie kannten und ihr Eigentum nennen konnten. Dass selbst diese Selbstverständlichkeiten bald keine mehr wären, lag jenseits ihrer Vorstellungskraft. Herr Herczeg hatte im ersten Weltkrieg als Soldat gedient. Er war für seinen Verdienst um das Vaterland ausgezeichnet worden, dieser Einsatz musste Gewicht, musste eine Bedeutung haben. Darauf vertraute man, auf etwas musste man sich verlassen können.

Veza wollte sich nicht verlassen, sie hatte sich umgehört. Man hatte ihr von einem Pfarrer erzählt, der Juden taufte und sich, entgegen der Vorschrift, dafür einsetzte, dass im Taufbuch nicht explizit die israelitische Herkunft angeführt wurde. Veza war gerade achtzehn, sie liebte ihr Leben und sie liebte Lotti. Sie war nicht bereit, auf ihr Leben oder auf Lotti zu verzichten. Sie verrannte sich in die Vorstellung, gerettet zu werden, obwohl sie wusste, dass Rettung höchstens eine Möglichkeit, nicht einmal eine Wahrscheinlichkeit war. Es war besser, als untätig auf ein Wunder zu warten. Und obwohl es sich wie ein Sprung vom Dreimeterbrett anfühlte, ohne die Tiefe des Beckens zu kennen, sprang Veza. Sie tauchte ein in die neue Religion, tauchte ein in den Geruch von Weihrauch, in das kalte Taufwasser, in das weiche Gefühl des Chrisams auf ihrer Stirn, ins Widersagen und in ein fremdes Glaubensbekenntnis. Es war dunkel, es war stimmungsvoll, und Veza gefiel, was sie sah, ihr gefiel, was sie hörte und fühlte.

Vezas Eltern gefiel nicht, was sie hörten, als sie von ihrer Tochter vor vollendete Tatsachen gestellt wurden. Für die Mutter war es ein Schock, sie ging so weit, die eigene Tochter als Apostatin hinzustellen. Es fehlte nicht viel, und sie hätte sich geweigert, das abtrünnige Kind als das eigene anzusehen. Lange prasselten die Vorwürfe auf Veza an dem Abend ein, als sie die Eltern eingeweiht hatte. Habe sie nicht verstanden, dass die Geschichte der Juden eine endlos sich wiederholende Geschichte von Flucht und Vertreibung, von Verfolgung und Auswanderung sei, dass es umso wichtiger sei, sich als Teil dieser Schicksalsgemeinschaft zu fühlen und sich zu deklarieren, Position zu beziehen und nicht fahnenflüchtig zu werden? Was erwarte sie von der Taufe? Denke sie, man könne einen neuen Glauben nach Belieben überziehen und den alten, einem abgetragenen Pullover gleich, abstreifen?

Veza wartete ungeduldig, bis die Mutter Unverständnis und Verunsicherung aus sich herausgeschrien hatte. Sie hoffte auf ein milderes Urteil, vielleicht sogar auf Verständnis seitens des Vaters. Sie fixierte seine Hände, die nebeneinander auf dem Tisch ruhten. Sie strahlten jene Ruhe und Sicherheit aus, die sie kannte. Sie wusste, wie zart diese Hände über den Stoff glitten, wie behutsam sie seine Struktur erkundeten, Leinen und Seide, Kaschmir und Baumwolle. Dass sie so groß und gleichzeitig so einfühlsam sein konnten. Oft hatte Veza sie dabei beobachtet, wie sie Schnitte an die Stoffe hefteten, bevor die Schneiderkreide den Rändern entlang ihre weiße Spur ziehen durfte. Er erzählte dabei von der langen Reise der Stoffe, von den Tieren, deren Rasse, Herkunft und Ernährung die Beschaffenheit des Tuches beeinflussten, von den spinnfähigen Haaren und den Fäden, die man in der richtigen Stärke und Festigkeit zwirnen musste, und vom Weben. Nur wenn Kett- und Schussfäden richtig verwoben wären, erhielte man das wahre Tuch. Es schmiege sich an den Körper wie eine zweite Haut.

Tatsächlich mahnte er jetzt zur Besonnenheit, in schweren Zeiten sei es schwer, das Rechte zu tun. Damit war vorläufig alles gesagt.

In der Nacht untermalte das Surren der Nähmaschine ihre Gedanken, doch der Schlaf ließ sich nicht nieder, er zog bloß fahrig über sie hinweg.

Tiefer und tiefer tauchte Veza in die neue Religion. Sie erfasste die Zartheit und Zerbrechlichkeit dieser Seelenwelt, die Farbenpracht ihrer Bilder und die Weisheit dieses im Unendlichen wohnenden Glaubens. Sie erkannte, dass der Teufel die Welt regierte, und eine wilde und innige Frömmigkeit ergriff sie. Sie öffnete sich für neue, geheimnisvolle Erfahrungen, sie betete und befragte Gott, was der Sinn des Lebens sei. War es die auf die äußere Form bedachte Schönheit oder war es die Güte, für die nichts als der Inhalt zählte. Und wie konnte es sein, dass der Mensch ein böses Geschöpf war und doch nicht böse sein wollte. War der Mensch möglicherweise nicht die Krone der Schöpfung sondern eine Missgeburt?

Sie besuchte die katholischen Gottesdienste. In die hinterste Reihe gekauert, ließ sie sich mitreißen vom monotonen Gemurmel der Gläubigen, von Dunkelheit und Mystik, von Transzendenz und Transsubstantiation, von den Mahnungen und von der Aussicht auf eine alles umfassenden Vergebung. Lamm Gottes, nimm hinweg die Sünde der Welt, wandle Brot in Leib und Alleinsein in Gemeinschaft, wandle Wein in Blut und Ängstlichkeit in Zuversicht.

Veza lag weit unten, fast lag sie am Boden, sie erkannte noch einen Halm, und nach dem wollte sie greifen. Sie schaffte Hindernisse aus dem Weg, bereitete den Boden auf und ihre Schritte vor. Schon wurde das Ziel deutlicher, es war ein geschützter Raum, ein Raum außerhalb der Wirklichkeit, ein sicherer Hafen.

Veza war stolz, sie würde ihren Weg gehen. Sie brauchte ihre Familie nicht, eigentlich hatte sie ihre Familie nie gebraucht. Immer waren sie geschäftig, man hatte Marillen oder Kirschen bekommen, man musste die Birnen und Äpfel versorgen, musste einkochen und einlegen, Kompotte und Marmeladen, Quittengelee und Powidl. Man bekochte die Großfamilie, bewirtete und bediente, alle waren sie gesellig. Wir sind so viele, stellten sie zufrieden fest und blickten in die Runde. Sie waren unerträglich spontan, plötzlich stand töpfeweise Essen auf dem Herd, Suppen und Eintöpfe, Strudelteig wurde gezogen, Streusel und Kaffeebohnen geröstet, Nachtisch folgte auf Nachschlag und nach dem Süßen der mit reichlich

Zucker angesetzte Kaffee. Der Familie schmeckte es, die Familie war wunderbar. Geschichten türmten sich über dem Tisch, sie drängten aus den wohlig gefüllten Bäuchen, am liebsten sprach man von damals, von der guten alten Zeit, eine Heerschar von Tanten und Onkeln, Cousinen und Großeltern, die ganze Mischpoche zog an den Bänken vorüber, machte Rast und brach wieder auf, während die Nächsten ihren Platz einnahmen. Und immer hatte jemand Geburtstag, und immer blieb einer ewig sitzen und hörte nicht auf zu reden, man kannte sie, die *Sitzenbleiber*, aber so unhöflich durfte man nicht sein, dass man mit dem Aufräumen begann, bevor sich der letzte Gast verabschiedet hatte.

Veza hasste die betuliche Hektik, es war ihr von allem zu viel, zu viel Wirbel, zu viel Essen, zu viel Lärm. Warum aufwendig kochen, wenn sie vom Einfachen satt wurden, wozu das sich Ereifern, das Beklatschen und Schulterklopfen, wozu all das Unnötige breittreten. Und doch die geheime Freude, am nächsten Tag erzählen zu können, ich bin müde, wir hatten am Abend Gäste. Das klang so normal.

Die Mutter teilte ihre drei Mädchen ein. Sie schnipselten Zwiebel und Paprika für Letschos, Orangen und Äpfel für Obstsalate, sie schleppten sauberes Geschirr von der Kredenz zur Tafel und das gebrauchte zurück in die Küche. Sie halfen beim Abwasch und kratzten die

Reste von den Tellern, den abgestandenen Geruch der eingetrockneten Saucen und zurückgelassenen Beilagen fanden sie widerlich. Am nächsten Morgen übernächtig und nüchtern in der unaufgeräumten Küche zu stehen, war jedoch für die Mutter undenkbar.

Ein Glück, dass die Töchter hilfsbereit waren, von ihrem Mann konnte sie das nicht behaupten. Die Nachlässigkeit und provozierende Langsamkeit, die er an den Tag legte, wenn er ihr ausnahmsweise im Haushalt an die Hand ging, waren aufreizend. Als sei jeder Handgriff, jede Bewegung eine Überforderung. Als wisse sie nicht, wie flink und präzise, geradezu pedantisch er mit Nadel und Faden war, wie seine Aufmerksamkeit der kleinsten Unebenheit nachspürte, dem Faltenwurf, dem falschen Nadelstich, der zu großen Öse. Übergenau war er, seine Arbeit musste höchsten Ansprüchen genügen. Als sei ihre Arbeit es nicht wert, dass man Ansprüche stelle. Lustlos und halbherzig war seine Unterstützung, und halbfertig, nie zu Ende geführt, ein stummer Protest. Diese Wand aus Gleichgültigkeit. Hätte sie denselben Minimalismus angewandt, wären ihnen Ordnung und Sauberkeit abhandengekommen. Die Weinflaschen spülte er nicht aus, die Balken zum Balkon öffnete er nie bis zum Anschlag, die Gießkanne blieb halbvoll in der Badewanne stehen, und an den leeren Saftsteigen stieß sie sich so oft den Fuß, bis sie sich nicht mehr beherrschen konnte und ihn anschrie. Erst danach trug er sie murrend in den Keller.

Ihre Gäste jedoch verwöhnten sie stets mit einem zuvorkommenden Lächeln.

Was war er für ein Mann gewesen, als sie sich kennengelernt hatten. Hätte sie ihn gebeten, Gewichte für die Wasserwaage zu besorgen, hätte er aus seinen klaren, dunklen Augen auf sie herabgeblickt und geantwortet, ihr Wunsch sei ihm Befehl. Er hätte sich etwas einfallen lassen, einen Schwank, einen Vers vielleicht, mit dem er auf ihre Torheit gekontert hätte. Er fuhr ihr nach, wenn sie mit ihren Eltern auf Sommerfrische war und nahm sich ein Zimmer in der Nähe, um ihr beim Nachmittagskaffee seine Aufwartung zu machen. Er hatte nie einen Jahrestag vergessen, nicht den ersten Kuss, nicht das Anhalten um ihre Hand und nicht die Verlobung. Er umgab sie mit unaufdringlicher Nähe, war feinfühlig und aufmerksam.

Sie wusste nicht, wann und wie ihnen das entglitten war. Das erste Vergessen, möglich, dass sie beide vergessen hatten, anderes drängte in den Vordergrund, drängte ihr Miteinandersein in den Hintergrund. Die Arbeit, der Haushalt, die Familie. Und keine Zeit für die Liebe. Das war bedauerlich. Der Gedanke, ein Kind zu verlieren hingegen, war qualvoll. Bitter enttäuscht war sie, das hatte sie nicht verdient. Alles hatte sie den Kindern gegeben, ihren Körper, ihren Schlaf, ihre Jugend, die besten Jahre hatte sie ihnen geschenkt und war darüber alt geworden. Dass ihr nichts bleiben sollte, nur das Geben, dass sie nichts fordern durfte. Warum konnte nicht er gehen. Sie hätten sich durchgeschlagen, wären bei der weitläufigen Verwandtschaft untergekommen, sie hätten zusammengehalten. Das Mädel haut einfach ab, will ins Kloster. Wirft mit Begriffen um sich, Postulat, Noviziat, Profess. Ein Gelübde wolle sie ablegen, das Gelübde des Gehorsams, der Armut und der Keuschheit. Und einen neuen Namen wählen. Als sei ihr Name nichts wert. Dann solle sie halt gehen, dann solle sie halt ein anderer Mensch werden, wenn sie das für möglich hielte, sie würde sie nicht aufhalten. Das hatte sie ihr an den Kopf geworfen, als sie sich nicht mehr beherrschen konnte, als sie es nicht mehr ertragen konnte, in das Gesicht ihrer Tochter zu blicken, das ihr so fremd geworden war. Er schlug sich auf Vezas Seite, wie immer, es gehe um den Glauben. Von wegen Glauben, Flausen waren das, und nicht einmal Flausen, dazu waren die Konsequenzen zu schwerwiegend. Das Kind entschied, das Kind ging, und sie durften ihm dabei zusehen. Das hatte sie nicht verdient.

Der erste Gedanke, der Lotti kam, war, dass sie das nicht verdient hätte. Sie konnte die Tragweite der Neuigkeiten nicht verstehen. Sie versuchte einen anderen Zugang, näherte sich aus der Perspektive der Erwachsenen, bei denen sie Schutz suchen wollte.

Was sagen deine Eltern dazu?

Veza wehrte ab, die Eltern spielten keine Rolle mehr.

Sie versuchte es erneut, umkreiste in Gedanken den Satz, den Veza ihr hingeworfen hatte, sie werde in den Karmel eintreten, und bekam ihn nicht zu fassen. Nur im Hintergrund des Bewussten war etwas aus dem Gleichgewicht geraten.

Immer bestimmst du!

Nicht ein einziges Mal habe Veza sie nach ihrer Meinung gefragt, nie hätten sie gemeinsam darüber gesprochen.

Ich konnte es nicht.

Sie habe diese Entscheidung für sie beide getroffen, das müsse Lotti ihr glauben. Lotti wisse nicht, wie es sei, in der Unscheinbarkeit zu leben, sie kenne nicht das Auf-den-Boden-Schauen und Sich-unsichtbar-Machen. Was könne sie sich von dieser Zukunft erwarten?

Sie wisse tatsächlich nicht, ob es etwas zu erwarten gäbe.

Sie hätten alles vor sich.

Daran zu glauben, fiele ihr jetzt sehr schwer.

Mit dem ersten Lichtstrahl werde sie zurückkommen, darauf gebe sie Lotti ihr Wort.

Es sei zu früh.

Was sei zu früh?

Es sei zu früh, sich Vezas Fortsein vorzustellen, diese Vorstellung mache ihr Angst. Sie hätte das Wenige nie freiwillig aufgegeben. Was bliebe ihnen nun außer Verständnis und Worten, Briefe, glattes, kühles Schriftliches, das sich nicht umarmen ließe, das in ihren Händen beim Lesen knittrig und feucht werde, das Fragen beantworte, die sie vor Wochen gestellt habe, und dennoch nicht wisse, was ihr fehle.

Veza holte zwei kleine, herzförmig Dosen aus ihrer Jackentasche, in den Deckel der beiden waren Blumen eingearbeitet. Sie öffnete sie, trat hinaus und hielt sie den Sonnenstrahlen entgegen, streckte sie den Ästen hin, die im Wind rauschten, drückte sie ans Herz und an ihren Mund, bedeckte sie fest mit beiden Händen und reichte eine Lotti.
Eine für dich und eine für mich, hier bewahren wir alles auf. Wenn wir sie öffnen, werden wir das Licht spüren und die Wärme, die Liebe und den Trost.
Aber nicht die Nähe. Wir brauchen einander doch.

Flatternde Angst

Lotti

Der Gedanke kam ihr, dass all die Pfade und der Rasen, durch und durch verquickt mit dem Leben, das sie dort geführt hatten, verschwunden waren; ausradiert waren; vergangen waren; unwirklich waren [...].

Nach Vezas Abreise sperrte Lotti sich in ihrem Zimmer ein. Sie legte sich nackt auf den Boden, an der Stelle, an der die Sonnenstrahlen durch die Ritzen der geschlossenen Balken ein Muster auf ihr malen konnten. Sie fragte sich, wozu sie einen Körper habe, all die Rundungen, Hügel und Täler. Sie wusste nichts damit anzufangen. Sie spürte eine unbekannte Schwere, als stapelten sich Bleigewichte auf jedem Quadratzentimeter. Sie suchte nach den Abdrücken der Last, suchte nach Dellen und Wunden, Einschnitten und Prellungen und fand bloß ihren schlanken, intakten Körper.

Die Traurigkeit spülte Lotti fort, sie war eine Insel, die blühende Landschaft verkarstet, und zum ersten Mal war sie froh über das selbstherrliche Desinteresse, das ihr zu Hause entgegenschlug.

Man war weiter aufgestiegen in der Hierarchie der selbsternannten Größen. Gäste, denen Lotti nie zuvor begegnet war, wurden wie alte Freunde empfangen, Lottis An- oder Abwesenheit bei Tisch kaum registriert. Während sie unten lachten, hockte Lotti in ihrem Kinderzimmer. Es war ihr fremd geworden, die Einrichtung schien ihr lächerlich und unpassend, das viele Weiß und Zartrosa, Blumen rankten sich am geschwungenen Kopfteil ihres Bettes entlang. Sie lauschte der Stille, wenn es ruhig war im Haus, und verachtete die Fröhlichkeit. Dass sie froh sein konnten, wenn das eigene Kind litt. Dass sie Schuld daran hatten, dass das eigene Kind litt. Dass ihnen das eigene Kind nicht sagen konnte, wie sehr es litt.

In wenigen Tagen war Ostern. Am Ostersonntag würde Veza für das Noviziat eingekleidet, das hatte sie Lotti bei ihrer letzten Begegnung erzählt, Lotti solle, nein sie müsse, zu ihrer Einkleidung kommen. Lotti war ihr eine Antwort schuldig geblieben, sie hatte keine Antwort. Sie konnte nicht dabei zusehen, wie Veza diese befremdliche Kleidung entgegennahm, schwere, dunkle Stoffe, unter denen sie verschwand, ihr Haar und ihre schmale Gestalt, ihr Duft und überhaupt die Körperlichkeit, die sie nun verstecken, der sie entsagen musste.

Lotti hatte sich immer auf Ostern gefreut. Sie liebte das Brauchtum und die religiösen Feierlichkeiten. Jahr für Jahr fuhr sie mit ihrer Tante für die Segnung der Osterspeisen zu einer Kirche am Stadtrand. Sie liebte es, im taubengrauen Wagen der Tante durch die Straßen zu schaukeln, sie genoss das Ruckeln, wenn die behandschuhte Hand den Schalthebel umlegte, einer ungekrönte Königin gleich, stolz und souverän, steuerte die Tante ihr Gefährt. Wenn sie vor dem schweren Bau aus Sandstein, der je nach Lichteinfall rostrot oder ockerfärbig schien, einparkten, ernteten sie neidische Blicke, und Lotti schwebte erhobenen Hauptes im Dirndl hinein. Der spätgotische Innenraum mit dem Kreuzrippengewölbe fiel nicht durch seinen besonderen Schmuck auf, die gut erhaltenen gotischen Bleiglasfenster und deren Anordnung in einer Achse von Westen nach Osten, vom Abend zum Morgen, fielen hingegen ins Auge. Die einfallende Sonne reiste dieser Achse entgegen und brachte das Glas zum Leuchten. Umgeben vom gleichmäßigen Gemurmel sah Lotti zu den Fenstern hinauf, ihre Augen blieben am Blau hängen, an seinen Schattierungen, Indigoblau, Kobaltblau und Königsblau. Magisch zog diese Farbe sie an, sie stellte sich vor, ein Insekt zu sein, das dieser geheimnisvollen Lichtquelle nicht widerstehen konnte, das sie umschwirrte und nie genug bekam, davon nie satt wurde.

Ländlich war es in dieser Gegend. Riesige Körbe drängten sich am Karsamstag um den Altar, ihr Inhalt blieb unter den aufwendig bestickten Tüchern verborgen. Bald würden sie die gefärbten Eier, die Schinken und Würste, den Kren und das süße Osterbrot hervorholen. Ostern war stets verheißungsvoll gewesen, es bedeutete Freude und Hoffnung, den Sieg des Lichts über die Dunkelheit. Dieses Jahr war alles anders, dieses Jahr blieb die Auferstehung aus.

Lotti beschloss, Ostern ausfallen zu lassen und wurde von einer neuen Nuance des Schmerzes überrascht, als die Eltern ihre Entscheidung ohne viel Nachfragen hinnahmen. Die Tante war nicht bereit, ihre Verweigerung zu akzeptieren, aber auch sie erreichte wenig, obwohl sie die Launen der Nichte mit Nachsicht und Verständnis ertrug. Von ihr kamen keine besserwisserischen Weisheiten, kein *Das geht nicht, das darfst du nicht, das kommt nicht infrage*, sie konterte anders, ließ Unüberlegtes gelten, warf höchstens ein *Bist du dir da sicher*, oder *Ja, wenn du meinst* ein.

Die Schwester der Mutter war unverheiratet und kinderlos geblieben. Jede Art von Abhängigkeit war ihr ungut, jede Umarmung eine Gradwanderung zwischen Besitz ergreifen und beschützt werden. Männer waren ihr zu territorial, sie markierten ihre Reviere mit großspurigen Gesten und stellten sich breitbeinig vor ihren Ehefrauen auf. Sie gehörte nur sich selbst, mehr war darüber nicht in Erfahrung zu bringen.

Die Tante war eine bemerkenswert moderne Frau zu einer Zeit, in der man es nicht gewohnt war, Frauen etwas zuzutrauen. Sie besaß einen Führerschein, später auch einen eigenen Wagen, und hatte eine Schule gegründet, in der Stenografie und Maschinenschreiben unterrichtet wurden. Sie hatte eine natürliche Begabung für Autorität, die sich mit spielerischer Leichtigkeit paarte, und beherrschte den Balanceakt zwischen Fordern und Überforderung.

Ihre Modernität endete bei ihrer Wohnung. Dunkles Mobiliar, Spitzendeckchen und erdrückende Ölgemälde, dazu eine Beleuchtung, die die Wahl ließ zwischen blendender Helligkeit und ermüdendem Halbdunkel. Die Zimmer waren schlecht gelüftet, die Luft abgestanden, es roch immer nach Essen und Alter, selbst als die Tante noch jung war. Ihre Abende und Wochenenden verbrachte sie mit Kreuzworträtseln, mit dem Häkeln und Besticken von Kissenbezügen und mit Büchern.

Lotti kam gerne zu Besuch. Sie durfte die Tante zur Arbeit begleiten und erhielt eine Gratislektion im Maschinenschreiben. Es faszinierte Lotti, mit welcher Geschwindigkeit die Tante die Tasten bearbeitete, wie sie die Buchstaben durch die Mechanik treffsicher aufs Papier hämmerte und daraus Texte entstanden. Alles ging ihr schnell von der Hand, und Lotti hechelte atemlos hinterher. Der Luftstrom, der ihren Körper umgab, war beinahe sichtbar, er strömte den Beinen entlang aufwärts, bremste unter den Achseln kurz ab und beschleunigte am eckigen, voller Tatendrang in die Höhe gereckten

Kinn. Wenn sie Einkäufe zu erledigen hatte, marschierte sie kräftig ausschreitend voran, sie arbeitete ihre Liste ohne Zögern ab und war beim übernächsten Gedanken, während Lotti den vorletzten zu Ende dachte.

Lotti war in einem Zwiespalt zwischen Bewunderung und Zuneigung, zwischen respektvoller Distanz und dem Wunsch nach Nähe gefangen. Möglich, dass sie eine gewisse Ähnlichkeit wahrnahm, das selbstbewusste Auftreten nach außen und das innere Schwanken. Ihr, und nur ihr, hatte sie die Geschichte der Freundin anvertraut und das Versprechen abgerungen, niemandem davon zu erzählen. Die Tante erfüllte das mit Stolz und einem gewissen Bedauern darüber, sich gegen eine Familie entschieden zu haben. Vielleicht wäre sie eine gute Mutter gewesen. Mit ihrer Erzählung hatte Lotti die nüchterne Seite der Tante überrumpelt und eine heimliche, romantische Ader zum Schwingen gebracht.

Obwohl sie kinderlos geblieben war, zeigte sie mehr Verständnis als Lottis Eltern, und vielleicht war es gerade deswegen. Sie gewährte Lotti mehr Freiheiten, sie durfte eine eigene Meinung haben und Entscheidungen treffen, selbst wenn diese banal waren. Lotti bestimmte, wie lange sie am Abend aufblieb und wann sie essen wollte. Morgens aßen sie meist Sterz, am Abend Pumpernickel mit Ziegenkäse und zwischendurch jede Menge Mannerschnitten, die Tante hatte immer Schnitten dabei. Dennoch blieb die Tante zeitlebens dünn wie ein Strich. Nur einmal im Jahr, zu Ostern, wich sie von ihren Gewohnheiten ab. Sie füllte ihren Korb mit Bergen von Schinken, Eiern und Osterbrot, die eine vierköpfige Familie eine Woche lang ernährt hätten.

Als die Tante dieses Jahr erfolglos von dannen gezogen war, vergrub sich Lotti noch tiefer in ihrem Zimmer. Die Zeit wurde ihr lang, Trotz und Traurigkeit begannen schal zu schmecken. Der Gedanke, nie wieder ein unbeschwertes Osterfest feiern zu können, ärgerte sie. Sie riss Schranktüren und Schubladen auf, zerrte Hefte und Bücher, Stifte, Spangen, Röcke und Blusen hervor, entriss sie ihrem stillen Dasein, und schleuderte sie auf den Boden. Da lag es vor ihr, ihr unbedeutendes Leben. Lottis Wut steigerte sich weiter. Sie trampelte auf den Gegenständen herum, sie rissen und brachen unter ihren Füßen und Fäusten. Danach fühlte sich Lotti nicht gut, aber so, als hätte sie in einem Kampf obsiegt. Sie ging in die Knie und untersuchte den Feind. Sie hatte ganze Arbeit geleistet.

Lotti war nun friedlicher gestimmt und wühlte sich durch Fetzen und Scherben. Sie erzählten Geschichten von früher, von der Schule und von Veza. Sie entdeckte ein Heft mit Skizzen und erinnerte sich an das Malbuch, das die Eltern ihr einmal zu Weihnachten geschenkt hatten, eine Einführung in die Lehre der Proportionen und Bewegungsabläufe. Lotti hatte sich damals sehr gefreut und mit Feuereifer zu zeichnen begonnen. Mit den wiedergefundenen Skizzen tauchten Bilder auf. Bilder von den leuchtenden Augen der Mutter, wenn sie die scheinbare Mühelosigkeit hervorhob, mit der die Tochter Menschen, Hunde und Pferde zu Papier brachte, Bilder von Vezas roten Wangen, wenn sie lachte, und Bilder von Vezas feinen, schmucklosen Händen.

Lotti suchte nach einem Stift und begann zu zeichnen. Zögerlich zunächst, sich herantastend an Ausdruck und Gestalt, doch bald sicher, führte sie den Stift über das Papier. Während ihre Hand scheinbar wie von selbst Linien über das Blatt zog, begann die Angst in ihrem Bauch zu flattern, diese Angst, die sie in den letzten Wochen gespürt und nie zu fassen bekommen hatte. Als die Zeichnung fertig war, hörte das Flattern auf, und im selben Augenblick fühlte Lotti sich frei, befreit von dem Gefühl, sie könnte Vezas Gesicht vergessen. Sie konnte es nicht vergessen, sie hielt es in ihren Händen, schwarz auf weiß.

Die Ärmste von uns

Dorothea

Das gibt einem das Gefühl, die Geschichten streng trennen zu müssen, damit sie nie mehr so gefährlich und unvorsichtig miteinander in Berührung kommen. Die geheime Geschichte von der erzählbaren ablösen, sie dürfen sich nicht überlappen.

Der Weg in die äußere Armut war kürzer und geradliniger als der Weg in die innere. Ein Bett, ein Tisch und ein Sessel, schlichte Kleidung und Essen. Keine Entscheidungen, keine Wahlmöglichkeiten, das waren Schwester Dorotheas neue Freiheiten. Ebenso einfach und leicht hatte sie sich den Weg in die innere Armut vorgestellt, keine Bedürfnisse, keine Vergleiche, wunschlos und zufrieden. Es traf sie hart, als sie feststellte, dass diese Freiheit nicht nur ihr, sondern auch den Mitschwestern schwerfiel. Es schien, als seien die Eitelkeiten untrennbar mit dem Menschsein verbunden, als könne man diese nicht wie Straßenkleidung am Eingang zum Kloster ablegen. Eine Stimme summte im Hinterkopf, manchmal kaum hörbar, manchmal sehr deutlich. Ist meine Meinung gefragt, ist meine Arbeit gut, werde ich einmal

Priorin? Die ständige Suche nach Anerkennung und nach der Bestätigung, man sei den anderen überlegen, diese unbeholfene Anmaßung.

Als sie jung war, hatte es keine Entbehrungen gegeben. Die Eltern hatten ein großes Haus geführt, man hatte gekocht und geputzt für die Familie, man hatte servieren lassen. Dorothea hatte sich neben dem Personal unwohl gefühlt. Es schien ihr nicht recht, sich bedienen zu lassen, sie versuchte, außerhalb zu stehen, Beobachterin zu sein, und blieb dennoch Teil des Systems. Sie wollten vornehm sein und waren laut und unachtsam im Umgang, sie wollten höflich sein, doch das unterschwellig Aggressive der Verwöhnten war unüberhörbar. Dorothea bemühte sich, die Schieflage mit Freundlichkeit und kleinen Aufmerksamkeiten auszugleichen. Sie war sich der hilflosen Überheblichkeit ihrer Bemühungen bewusst. Was wusste sie schon von den Frauen, die ihnen ihre Hilfe antrugen, die Tag für Tag das Essen auf- und die Reste abtrugen. Ihre arglosen Augen hatten nicht gelernt, hinter die Fassade ihrer zuvorkommenden Korrektheit zu blicken.

Der Reichtum hatte sie belastet. Schmuck, den sie nicht tragen wollte, aus Angst, ihn zu verlieren, Kleider, die sie nicht schmutzig machen durfte, vornehme Möbel, zwischen denen sie sich nicht wohl fühlte. Von allem gab es zu viel, und bei jedem Anlass kam Neues hinzu. Man beschenkte sich mit Überflüssigem, weil das Notwendige vorhanden war. Noch zarter verziertes Geschirr, noch feiner geschliffene Gläser, opulente Vasen, kostbare Teppiche und Wanduhren, deren wandernde Zeiger ihrem Leben den Takt vorgaben. Der verlässlichste Begleiter ihrer Kindheit war der Wunsch nach Einfachheit und Schlichtheit, danach, nicht aufzufallen, auszubrechen aus den Rüschen und Schleifen, den Armreifen und Haarbändern, den Horsd'œuvres und Pasteten. Als sich eine Möglichkeit auftat, griff sie danach, ohne zu zögern.

In die Einliegerwohnung des Nachbarhauses waren neue Mieter gezogen. Sie half im Haus, er im Garten, der gemeinsame Sohn griff dem Vater draußen unter die Arme. Dorothea war ein neugieriges Mädchen. Häufig schlich sie die entlaubte Hecke entlang und beobachtete verstohlen die Nachbarn. Auch Dorothea wurde beobachtet, Blicke wanderten hin und her, anfangs scheu, rasch wandten sie sich vermeintlich interessanteren Gegenständen zu, sahen wieder auf, folgten den Bewegungen auf der anderen Seite, lauschten den Stimmen, wurden mutiger und sprachen sich an.

Hinter eurem Geräteschuppen gibt es im Sommer Walderdbeeren. Und die Äpfel von dem Baum dort drüben, die Klaräpfel, sind die besten, da, wo die Äste über den Zaun zu uns herüberwachsen. Die musst du probieren.

Ja, gerne, danke.

Ich heiße Dorothea. Und du?

Ich heiße Emil.

In unserer Scheune wohnt ein Siebenschläfer. Wenn du willst, komm einmal rüber, ich zeig dir, wo er sein Nest hat.

Sicher, vielen Dank.

Dorothea genoss es, Emil herumzuführen und ihm ihre Welt zu zeigen. Sie kam sich gescheit und erwachsen vor, sie wusste viel zu erzählen. Und sie war begierig darauf, die Welt jenseits des Gartenzauns kennenzulernen, nicht jene der Nachbarn, die ein ähnliches Haus führten wie ihre Eltern, sondern jene der Einliegerfamilie. Zwei Zimmer, beengte Verhältnisse, keine Schnörkel. Manchmal durfte sie zum Abendessen bleiben. Sie saßen in der Küche, es war warm und gemütlich, die einfachen Mahlzeiten schmeckten besser als die aufwendig gekochten Gerichte zu Hause. Butterbrot mit Kakao, manchmal Grießkoch, über das Emils Mutter eine dünne Schicht Haushaltsschokolade rieb, und zu besonderen Anlässen Palatschinken mit selbstgemachter Marillenmarmelade.

Sie kamen sich rasch näher. Dorothea half Emil bei den Hausaufgaben, er zeigte ihr, wie man aus Ästen eine Flöte schnitzen und auf Grashalmen pfeifen kann. Wenn sie unbeobachtet waren, hängte sich Dorothea bei Emil ein oder sie gingen Hand in Hand. Sie lebten in einer Zwischenzeit, nicht mehr Kind und noch nicht erwachsen, weder Mann noch Frau, die Gefühle unausgegoren, die Gedanken schwärmerisch. Sie würden alles anders machen, würden sich über Konventionen hinwegsetzen und heiraten.

Sie hatten Geheimnisse, unbedeutende zunächst. Sie zogen die Schuhe aus und die Socken und verglichen ihre Zehen.

Dein zweiter Zeh ist länger als der große.

Dafür ist deiner krumm.

Du hast ein Muttermal auf der Fußsohle.

Die Narbe da, wie ist das passiert?

Ihre Geheimnisse wurden bedeutender. Sie pressten die Lippen aufeinander und ihre Körper. Sie spürten die Unterschiede. Sie mussten vorsichtig sein, sie brauchten ein Versteck. Sie wählten den Kellerabgang von Dorotheas Elternhaus. Dort war es ruhig, es war dunkel, und sie waren ungestört. Sie machten weiter. Er schob seine Hand unter ihr Kleid, sie drückte ihre auf seine Hose. Sie folgten Konturen und ertasteten Veränderungen. Und dann war es vorbei.

Als das Licht anging, schoss Dorothea in die Höhe und Emil die Stufen hinunter. Schuld und Unschuld waren im selben Augenblick verteilt. Ängstlich stand Dorothea vor den Eltern. Sie kämpfte nicht für das rechte Augenmaß, sie nahm die Unschuld, die man ihr anbot, auf Kosten der Schuld, die man ihm zuschob. Sie begann, selbst an ihre Unschuld zu glauben. Er hatte es darauf angelegt, er hatte sie benutzt. Er wollte ihren Körper, sonst wollte er nichts.

Emil wollte sie wiedersehen, wollte mir ihr reden. Heimlich warf er Botschaften über den Zaun und rief ihr leise zu, wenn er sie sah. Sie sah stets weg und gehorchte den Eltern widerspruchslos. Nur hin und wieder wachte sie auf in der Nacht, ihr Körper war dicht an seinem gewesen und ihre Gefühle groß. An den flüchtigen Rändern dieser Träume war sie glücklich.

Bald nach dem Zwischenfall stand die Einliegerwohnung leer und Dorothea begann, ihre Erinnerungen an Emil wegzupacken. Die Bilder wurden unwirklich und blass, Fantastereien einer überhitzten Jugend. Jahre später, schon im Kloster, holte die Vergangenheit sie ein. Schäbig war ihr Verhalten gewesen, zum Schämen. Sie beichtete, betete Rosenkränze und Vaterunser und bat um Vergebung. Sie wusste nicht, was aus Emil geworden war.

Immer noch war sie verwöhnt. Sie führte ein sorgenfreies Dasein, war satt und beschützt, die Tage überschaubar und klar geregelt. Obwohl es ihr an nichts fehlte, vermisste sie manches, die Abwesenheit körperlicher Genüsse schob das Verlangen danach in den Vordergrund. Dorothea träumte vom Essen, es türmte sich auf unermesslichen Buffets. Die Hände hielt sie züchtig im Rücken verschränkt, den Kopf jedoch streckte sie weit vor, und die Gier sprang ihr aus den Augen, wenn sie in Gedanken sündigte. Den gestopften Kapaun und die mit Wildragout gefüllten Millefeuille-Pasteten ließ sie sich auf der Zunge zergehen, sie kostete vom eingelegten Gemüse, dem Bœuf bourguignon und dem gespickten Fasan, bediente sich an den Florentiner Eiern, an der Gänseleber und am Ochsenmaulsalat, dazu ein paar Wiener Pastetchen und gratinierte Schnecken mit Sauce Velouté, und wandte sich schließlich, als Höhepunkt, der Windbäckerei und den Haselnussmakronen zu, während ihre Geschmacksnerven beim Probieren der hauchzarten Soufflés den Aromen von Vanille und Zimt nachspürten. Es verwunderte und indignierte sie gleichermaßen, dass sie nach so vielen in Bescheidenheit verbrachten Jahren den Keim ihrer Kindheit in sich trug, dass sie mehr denn je gewisse Vorteile vermisste, die ihr damals so entbehrlich schienen. Man blieb, wer man war, man blieb die Tochter aus gutem Hause, die Wirtshaustochter oder jene des Dorflehrers. Sie blickte in das runde Gesicht der Schwester Katharina und dachte an Knödel, sie hörte Schwester Fortunata zu und dachte an Bücher. Die Erkenntnis, dass man seiner Herkunft nicht entkommen konnte, erboste Dorothea. Man hatte von ihnen erwartet, alles an der Pforte zurückzulassen und die Tür zur Klausur als neuer Mensch zu durchschreiten. Als wäre das eine Möglichkeit. Sie hatte einen weiten Weg zurückgelegt, war vom Überfluss zum Verzicht gereist, und hatte sich, wenn man den Kern herausschälte, nicht vom Fleck bewegt. Sie war das verzärtelte Mädchen geblieben, dessen Sünden im Gebet gesühnt werden mussten. Sie war unvollkommen und strebte nach Vollkommenheit, die übereifrige Suche nach Fehlerchen und die halbherzigen Versuche, diese auszumerzen, standen ihr im Weg. Sie wusste, dass nur in der Liebe zu Gott und zum Nächsten wahre Vollkommenheit lag und dass das fürwitzige Eifern in die Irre führte. Und dennoch quälte sie sich mit Selbstvorwürfen.

In letzter Zeit quälte sie auch ihr Körper. Sie schwitzte und war müde, ihre Knie schmerzten, die Arme waren kraftlos. Was ihr früher schnell von der Hand gegangen war, war mühsam und anstrengend geworden. Sie fühlte sich matt und schlaff. Ihre Haut war von einem Netz feiner Falten überzogen, das dunkle Haar von silbrig-grauen Strähnen. Wenn sie alleine in ihrer Zelle war, strich sie ihre Wangen mit den Händen glatt und zupfte die störenden Haare aus, deren sie in Wahrheit nicht Herr wurde. Sie focht einen verbissenen, aber vergeblichen Kampf gegen den ihr so eitel erscheinenden Wunsch, sich die Jugend oder zumindest ihre Jugendlichkeit zu erhalten. Sie konnte sich nicht als alte Frau denken. Es war dieser Übergang, der große Schritt vom Vergangenen in eine Zukunft, die so überschaubar und bar jeder unerwarteten Wendung vor ihr lag. Es war die Angst vorm Altsein, die Angst davor, dass eine einzige Richtung blieb.

Oft dachte sie an Schwester Teresa. Wenige Jahre nur war sie Teil ihrer Gemeinschaft im Karmel gewesen und doch schien sie auf ihrem Weg weiter in die Innerlichkeit vorgedrungen zu sein, als es vielen Mitschwestern vergönnt war. *Du bist die Ärmste von uns*, hatten sie zu ihr gesagt und damit hatten sie nicht ihr grausames Schicksal bedauert, sondern ihre Bewunderung ausgedrückt. Wie kaum einer anderen war es Schwester Teresa gelungen loszulassen. Sie war demütig, hatte Dünkel und Selbstgefälligkeit mit ihrer Straßenkleidung abgelegt, oder gar nie besessen. Dankbar war sie und anspruchslos, sie war eine echte Freundin geworden. Den Armen gehört das Himmelreich. Sie hatte es seither keinen einzigen Tag verabsäumt, Schwester Teresas letzte Bitte zu erfüllen, jeden Morgen und jeden Abend schloss sie Lotti in ihr Gebet ein, die Freundin der Freundin. Kennengelernt hatte sie Lotti spät, erst zwölf Jahre nach Schwester Teresas Tod. Eines Tages war sie da gewesen, groß und befangen, kaum bereit, sich zu öffnen. Erst nach und nach fasste sie Zutrauen, und als sie ihr schließlich vertraute, war sie kaum zu stoppen. Sie erzählte von ihrem Leben und von Veza, vom wichtigsten Detail dieses Lebens, das nicht Teil davon sein durfte. Sie kam stets alleine, ohne ihren Mann und ohne die Kinder. Es war nicht deren Geschichte.

Lotti war lange nicht da gewesen. Sie war auch alt geworden, und das Reisen wohl beschwerlich.

Eine unerwartete Betonung
Alma

Die Großmutter blieb, wie sie war, nahm die Fasern ihrer Existenz auf und verspann sie zu Grashalmen.

Sie hatten sich heute bei Lotti getroffen, um ihren Haushalt aufzulösen. Alma erinnerte es eher an eine Leichenfledderei als an ein Familientreffen, mit kaum verhohlener Gier stürzten sich alle auf das Wenige, das zu verteilen war, auf die wertlosen Stiche und Teppiche, das unvollständige Service und die Möbel. Sie gaben sich praktisch, dieses würde sich gut in der Junggesellenwohnung des Nachwuchses machen, jenes würden sie gerne als Erinnerungsstück behalten, Platz zum Nachdenken und Innehalten blieb daneben kaum.

Über zwanzig Jahre, seit dem frühen Tod ihres Mannes, hatte Lotti alleine gelebt. Es hatte viel Zeit gebraucht, bis sie akzeptieren konnte, dass nicht immer alles gut würde, bis sie mit sich ins Reine gekommen war. Dass sie mit sechsundachtzig schwer erkrankte, schien sie dann nicht mehr aus der Ruhe zu bringen. Sie benutzte Wehwehchen und Gebrechen nicht, um Respekt einzufordern, und verwehrte sich dagegen, bedauert zu werden. Sie verdammte die Schmerzen auch nicht, als diese ihren Alltag bereits deutlich einschränkten, denn da war ein Wissen, das beruhigende Wissen um die Endlichkeit, und widerstandslos fiel sie in den Verfall. Es blieben ihr nicht mehr Jahre, auch nicht Monate, höchstens Wochen. Und eine Möglichkeit, vielleicht eine Wahrscheinlichkeit.

Sie fragte sich, wie eng Bindungen sein können, und wunderte sich, welche Wege sie einschlugen. Sie sah sich an einem fremden Ort, sie wusste, sie würde Veza dort finden. Heimlich stahl sie sich manchmal davon, mit Augen und Händen suchte sie die Gegend ab, sie fand bloß Schatten, alles blieb unscharf, trüb und verschleiert. Sie verstand, dass es zu früh war. Sie musste gehen, hastete Stufe um Stufe hinunter, öffnete eine Tür und war draußen. Hell war es, die Sonne schien, sie musste abdrehen, der Weg endete bald. Die Umgebung veränderte sich, da war ein lichtloser Tunnel und Lotti wie blind. Sie hörte Stimmen und Züge, Tropfen und Rauschen. Zwei Männer geleiteten sie durch das Dunkel, führten Lotti hinaus. Sie beobachtete einen Greifvogel, eine Harpyie. Ihr Schnabel war voller Fische, ständig verlor sie die Beute, sie schnappte danach und verlor sie erneut. Die Harpyie gab nicht auf, und Lotti fasste Mut und kehrte um. Die Luft war jetzt durchsichtig, die Konturen klar. Sie wartete, schaute nicht auf. Da spürte sie Arme, die sich von hinten um ihre Mitte schlangen, und einen Körper, der sich an ihren Rücken schmiegte. Und Lottis Körper drängte in den anderen hinein, drehte sich darin um und vollendete die Umarmung.

Sie war bereit und begegnete dem Sterben mit Neugier und Offenheit, alle gingen diesen Weg, warum sollte gerade sie sich davor fürchten. Alma bewunderte sie nicht nur dafür. Sie war gerne bei ihrer Lotti Oma gewesen. Als sie sich das letzte Mal von ihr verabschiedet hatte, hatte sie sich in der Einfahrt umgedreht und zum Haus zurückgeblickt. Lotti war im hell erleuchteten Wohnzimmer vor dem Fenster gestanden, ihr abgewandt, eine schmale Silhouette. Davor hatten sie in der Küche gegessen, Lotti wie immer gierig und schnell, im Stehen, das eine Bein auf Kniehöhe angewinkelt. Als Alma begonnen hatte, aus dem weichen Inneren ihrer Semmel Brotkügelchen herauszuschälen, war der Blick der Großmutter an ihrem Mund hängen geblieben. Alma hatte ihren Blick nicht deuten können, vielleicht fand sie es ungebührlich, aber Lotti hatte gelächelt und ihr zugenickt. Nur wenige Wochen war das her.

Bis ins hohe Alter war die Großmutter schlank und agil geblieben, ihre Erscheinung hatte nichts von der wohl beabsichtigten Nachlässigkeit eingebüßt, die ihre Mädchenhaftigkeit unterstrich. Dennoch war sie wunderlich geworden, merkwürdig rastlos. Man sah sie in Pantoffeln die Nachbarsgärten entlangstreifen, hier den vorstehenden Ast einer Hecke abbrechen, dort eine verwelkte Blüte. Langsam ging sie, sehr langsam, die Füße schlurften über den Boden. Sie wirkte verloren. Nur kurze Zeit, wenige Jahre, vielleicht auch nur Monate, war das Leben mehr gewesen, als an- und ausgeknipst zu werden. Da war ein anderer Takt, der das gleichmäßige Dahinplätschern überlagerte, eine unerwartete Betonung, einer Synkope gleich, die der einfachen Melodie einen neuen, einen besonderen Rhythmus aufzwang. Einmal noch wollte sie diese Gewichtung spüren. Sie suchte nach dem Gefühl von damals, und nach einer Erkenntnis. Es verlangte sie nach der Sicherheit, dass es die Sache wert gewesen war, dass es einen Sinn gehabt hatte. Auf der Suche wurde sie unsicher, kein Licht ging an, nichts erhellte sich.

Als sie ihre Augen für immer schloss, im Moment des Hinübergleitens, fand sie nichts Erhabenes, kein Verzeihen und keine Dankbarkeit. Die Wärme auf der anderen Seite war noch nicht spürbar.

Nach Antons Tod hatte Lotti sich ein eigenes Grab gekauft, sie wollte nicht neben ihrem Mann liegen, sie wollte abseits jeglicher Betriebsamkeit liegen. Sie mochte die Menschen nicht. Am Stadtrand hatte sie einen Friedhof gefunden, der ihren Vorstellungen entsprach, man zwängte die Toten dort nicht zwischen Steine und Kieswege, man bettete sie sanft in terrassenförmig angelegte

Wiesen. Lotti hatte eine Grabstätte auf der untersten Terrasse erstanden. Unmittelbar dahinter schützte eine Weißdornhecke vor dem angrenzenden Wald. Bloß nicht in alle Ewigkeit am Getöse der Welt hängen, lieber ungestört den Vögeln und Bienen lauschen.

Zeitgleich mit Lotti war auch ihr Haus in eine Art Totenstarre verfallen. Die vertrauten und lieb gewonnenen Gerüche zogen nicht mehr durch die Räume, jener der französischen Seife, die nach nasser Rinde roch, fehlte ebenso wie die Frische der Blumensträußchen, die sie jede Woche gebunden und auf Tischen und Kommoden verteilt hatte, ganz zu schweigen vom dampfenden Schinken, der in dicke Scheiben geschnitten wurde, der üppigen Schokoladecreme und den selbst gebackenen Keksen. Die Vielfalt war einer dumpfen Abgestandenheit gewichen.

Alma stand am Fenster, das sich hinter dem Wohnzimmertisch öffnete, man konnte den Garten von dort gut überblicken. Ihre Großmutter hatte ihn geliebt, die Natur hatte sie beruhigt und getröstet. Wenn man zu Besuch gekommen war, hatte man sie meist draußen angetroffen, in Gummistiefeln oder mit Sonnenhut, die Schere in der einen Hand, die Stechschaufel in der anderen. Das Unkraut wird uns alle überleben, hatte sie dann gesagt. Im November blühte die Winterkirsche, im Jänner folgten Zaubernuss und Schneeglöckchen, später

Krokusse und Narzissen, Tulpen und Obstbäume, bevor sich im Frühsommer ein Farbenreichtum über den ganzen Garten legte. Die letzten Rosen und Astern hielten durch bis zum Frost.

Als Alma klein war, war sie stolz auf ihre Lotti Oma gewesen, wo sonst gäbe es so wunderbare Geschöpfe wie den Kuchenbaum, dessen Blätter süß dufteten, wenn man daran rieb, oder den Taschentuchbaum, dessen Blüten ihn wie weiße Fahnen schmückten. Heute wusste niemand, wie es mit dieser Pracht weitergehen würde, denn man war übereingekommen, das Grundstück zu verkaufen. Die neuen Eigentümer würden das Haus vermutlich abreißen und einen gesichtslosen Neubau errichten, hätten Pläne für ein Schwimmbad und zwei Garagen, denen die Beete weichen müssten. Was danach von Lotti an diesem Ort übrig bliebe, wäre nicht mehr als ein Berg alter Ziegel, ein Stapel Bretter, Altmetall, Scherben und Staub, ein abgegriffener, unwirklicher Rest.

Die Großmutter war eine Sammlerin gewesen. Zeitlebens hatte sie Nippes und Krimskrams zusammengetragen, es gab vieles zu bestaunen. Elefanten und Nashörner aus Jade, kunstvoll bemalte Straußeneier, Keramikvögel mit ziselierten Messingbeinen, Porzellanrosen auf Stängeln, die mit echten Dornen bewehrt waren, und zwei herzförmige Dosen. Jeder dieser Gegenstände hatte seine

Geschichte, oft waren es Geschichten von fernen Ländern und exotischen Märkten, die niemand mehr nacherzählen konnte. Lotti hatte gerne von den Reisen erzählt, die sie, als die Kinder groß waren, mit Anton, und später alleine unternommen hatte. Sie hatten ihren Blick auf die Zerbrechlichkeit der Natur geschärft, ebenso wie jenen auf die Menschen. Sie konnten so rücksichtslos sein, nahmen mit beiden Händen und schöpften aus dem Vollen. Es war ihr unerträglich, wie sehr Menschen ihre Macht missbrauchten, sie wurde nicht müde zu betonen, dass alles Leid genau dort seinen Anfang nähme.

Alma schlenderte durch das verlassene Haus. Sie benutzte den hinteren Aufgang in den ersten Stock und gelangte in den schmalen Gang, der an der Rückseite von Bad und Schlafzimmer entlangführte, unter der ansetzenden Dachschräge reihte sich dort Schrank an Schrank. Der Großmutter war es schwer gefallen, sich von Dingen zu trennen, vieles hatte sich angesammelt und wurde hier aufbewahrt. Alma öffnete eine Schranktür, vertraute Gerüche entstiegen dem Dunkel. Es roch nach Leder, nach Mottenkugeln und Heimeligkeit. Früher hatte sie sich gerne zwischen den verschiedenen Gegenständen versteckt, hatte sie in die Hand genommen und die Nase darin vergraben, hatte Taschen geöffnet und so manche Entdeckung gemacht, eine Anstecknadel oder ein vergessener Geldschein, eine Eintrittskarte oder zerknitterte Handschuhe. Einmal, ein einziges Mal nur, hatte Lotti ihr von der Luke erzählt, durch die man in einen Verschlag gelangen konnte, in ein richtiges Versteck. Alma hatte so lange gedrängt, bis die Großmutter ihr diesen geheimsten Bereich des Hauses gezeigt hatte.

Die Erinnerung daran dämmerte langsam herauf, sie wurde deutlich und verlockend, und Alma machte sich auf die Suche. Sie konnte nicht genau sagen, wo sich der Verschlag befand, sie wusste auch nicht, ob er abgesperrt oder frei zugänglich war. Einiges musste Alma beim Absuchen umräumen, Kartonschachteln mit Kinderzeichnungen, Wäschekörbe mit ausrangiertem Spielzeug und altmodische Sportbekleidung. Doch dann stand sie vor dem Eingang, der nichts weiter war als ein vielleicht ein Meter zwanzig hoher und ebenso breiter Sägeschnitt in der Holzwand mit einem Knopf als Türgriff.

Alma zwängte sich hinein. Sie musste warten, bis sich ihre Augen an das fahle Licht gewöhnt hatten, nur ein zarter Strahl war mit ihr durch die Luke gekrochen. Der erste Blick offenbarte Schmutz und Leere, sie hatte das Gefühl, in einem modrigen Kellerabteil zu stehen. Der Boden war uneben, rauer Ziegel, überzogen mit Staub. Der zweite Blick offenbarte eine Holzkiste. Der Gedanke, dass diese Kiste Lottis letzte Geheimnisse bergen könnte, kam Alma erst, als sie offen vor ihr stand und Karten, Briefe und Fotos offenbarte. Er kam ihr zu spät.

Alma fand auswechselbare Ansichtskarten mit vergilbten Fotografien, auf denen namentlich nicht entzifferbare Absender Grüße aus Wien, vom Wolfgangsee und vom Matterhorn schickten. Sie entdeckte Fotos, Gruppenbilder mit und ohne Lotti, Lotti als junge Frau, in Gesellschaft, beim Tennisspielen und auf einem Ball. Und sie fand Briefe. Sie hielt in ihren Händen eine Vergangenheit, in der die Großmutter jünger gewesen war, als sie heute, eine Vergangenheit, in der deren Geschichte erst ansatzweise geschrieben war.

Alma zögerte kurz. Als sie sich wenig später verabschiedete, hütete ihre Tasche Briefe und Fotos wie einen Schatz.

Dass sie es war

Lotti

Das Leiden hat keine Sprache. Die Sprachlosigkeit macht es noch schlimmer.

Man holte sie um 8:50. Es war ein warmer, sonniger Frühlingsmorgen. Die Kirschbäume im Klostergarten standen in voller Blüte.
Vater unser im Himmel.

Es war 9:30. Sie musste sich beeilen, sie erwarteten heute Mittag Besuch.
Wir sind so jung.

Der Zug sollte um 10:15 abfahren. Tatsächlich fuhr er mit knapp vierzigminütiger Verspätung, man hatte einen weiteren Transport abgewartet. Statt fünfzig drängten sich nun siebenundachtzig Personen im Waggon.
Dein Reich komme.

Es war bereits 11:20. Sie hatte das Gebäck vergessen und musste noch einmal umdrehen.
Und so voller Hoffnung.

Als sie ankamen, war es dämmrig. Die letzten Amseln waren zu hören.
Dein Wille geschehe.

Sie war froh, dass es wärmer wurde. Sie hatte heute das kurzärmelige Kleid mit der leichten Strickjacke tragen können.
Wer wärmt dich, wenn du nur noch Kälte bist?

Sie wurden aufgeteilt. Sie kam in einen weiß gekachelten Raum.
Wie im Himmel.

Am Abend konnte sie lange nicht einschlafen. Sie überlegte, welche Blumen jetzt wohl im Klostergarten blühten.
Einmal noch halten.

Sie musste sich ausziehen. Man schickte sie in den Waschraum.
So auf Erden.

Sie schreckte aus einem Traum auf, an den sie sich nicht erinnern konnte.
Dich fangen, wenn du fällst.

Sie sagte, Schwester, mir ist kalt, und bekam keine Antwort.
Erlöse uns von dem Bösen.

Dann schlief sie gut.
Ich bin bei dir.

Sie sprach nie mehr.
Dein ist das Reich.

Als Lotti von einer Schwester Dorothea einen Brief aus dem Karmel erhielt, in dem sie ihr, der unbekannten Fremden, deren Adresse sie in den gedrängten Minuten des Abschieds erhalten hatte, mitteilte, dass Veza deportiert worden war, blieb so wenig übrig. So demütig wurde das Wünschen, da war nur ein und derselbe, einzige Wunsch, dass sie gesund und heil wiederkäme, dass sie der Hölle entrinnen möge, dass sie überlebe. Als in kurzem Abstand ein weiterer Brief kam, ging das Leben unter. Das Reich Gottes, schrieb Schwester Dorothea, stehe Veza offen und werde ihr als Lohn für das irdische Leid zuteilwerden. Sie, Lotti, möge jederzeit auf ein tröstendes Gespräch in den Karmel kommen.

Lotti hasste den Karmel, sie hasste das Reich Gottes, und was interessierte sie das ewige Leben, wenn der vor ihr liegende Rest so unbedeutend und leer schien. Lottis Mund formte Sätze, die nach außen drängten und weggesperrt werden mussten. Das nicht-schöne, nicht-gute Nicht-Glück, dieser dicke Knoten, der sich nach dem Aufwachen um die Seele zog, schnitt der geträumten Hoffnung die Luft ab und lag immer zuoberst. Die Worte kamen nicht weiter, sie steckten fest. Sie hatte gespürt, dass Veza in die Gemeinschaft der Schwestern hineingewachsen war, zwischen den Zeilen hatte sie das Aufnehmen an Fahrt für den Glauben, die Hinwendung zu Gott und die Ausschließlichkeit dieser Beziehung gespürt. Sie hatte dennoch auf einen bösen Traum gehofft, aus dem sie lächelnd aufwachen würde. Es würde nicht ewig dauern, es wäre einmal vorbei, und die endgültige Ordnung, jene Ordnung, die Gültigkeit hatte bis zum Ende ihrer Tage, wäre wiederhergestellt.

Und jetzt waren alle Gedankenspiele tot. Sie konnte sich nicht hier und Veza dort denken, konnte sich nicht vorstellen, dass Veza beim Mittagessen säße, während sie hungrig auf ihr Essen wartete, konnte sich nicht das winzige Zimmer mit dem harten Bett ausmalen, in dem Veza bereits schlief, wenn sie zu Bett ging. Es gab keinen anderen Ort, es gab nur das Nichts, und das war nicht greifbar.

Oft drehte sie sich um, sie hörte Schritte in ihrem Rücken, die leichten, federnden Schritte eines Mädchens. Ihr Blick wurde weich, die Augen weiteten sich in sehnsüchtiger Vorfreude. Mit ihnen wieder die Freundin abtasten, ihr liebes Gesicht, sich vom runden Kinn zum schmalen Mund schwingen und dem Verlauf der Lippen folgen, über die Nasenflügel den geraden Nasenrücken hinaufsteigen, weiter klettern bis zu den eng stehenden, dunklen Augen unter den dichten Augenbrauen und hinauf über die hohe Stirn, sich retten und festhalten, und von oben behütet und beschützt die Welt betrachten. Möglich, dass alles ein Irrtum war. Dass sie es war, dass sie zurückgekommen war.

Lotti suchte die Freundin zu fassen. Sie stellte sich in den Wind, in jedem Hauch fühlte sie Veza. Ihre Gedanken verknäuelten sich zu spinnfähigem Haar, sie zwirnte Fäden und färbte sie ein und wob daraus schwarze Netze. Eng flocht sie die Netze, die Bahnen kreuzten sich in der Luft, vor und zurück, und rundherum, labyrinthische Linien im Raum, ein blickdichtes Gehäuse. In das Fädengrab bettete sie die Erinnerung, Vezas Stimme, die ihren Namen rief, Vezas Finger, die nach ihrer Hand fassten, Wärme an Wärme, Haut an Haut. Sie breitete das Geflecht über Wände und Böden, dicht geschichtet lag es, es dämpfte den Schall und verband Lottis Augen.

Als die Zeit in jenem Frühsommer auseinanderfiel und die Nachrichten vom Krieg in der flirrenden Luft undeutlich wurden, rettete Lotti ihr Misstrauen gegenüber diesem Zustand, in dem ihr alle geistige Energie abhandenkam, in dem ihr alles entglitt und bodenlos in die Vernachlässigung fiel, ein Zustand, in dem alles ins Kraut schoss wie das Gras auf einer Brache, auf der das Wachstum schamlos und ungezügelt existiert, ein Zustand kraftlosen Aufgebens. Und es rettete sie ein weiterer Brief. Ein

Brief mitten heraus aus dem Wahnsinn, der die Grenzen überschritt und jede begreifbare Unterscheidung aufhob, Soldat oder Zivilistin, Mann oder Frau. Lotti erhielt einen Stellungsbefehl als Wehrmachtshelferin.

Sie absolvierte die Ausbildung, unterzog sich den Prüfungen, ließ sich einkleiden und einteilen. Das Denken und Fühlen hatte sie zurückgelassen, das Erinnern nicht eingepackt. Nur das Funktionieren und die vaterländische Pflicht waren mit von der Partie, das hatten sie ihr gemeinsam mit der starren Uniform übergezogen, sie damit abgefüllt und ausgefüllt, randvoll bis zum Bersten, damit sie sich nie einen Fehler erlaube, wenn sie im Gewimmel des Fliegerhorsts Funksprüche entschlüsselte.

Ins Netz gegangen
Lotti

Aber verdrängter Schmerz und verdrängte Erpressung blähten sich ins Unendliche. In diesem Unendlichen konnte der andere nie lieb und gut genug sein, beide sehnten sich ja doch nach Wiedergutmachung und Genugtuung. Nach Trost.

Als es vorbei war, wurde es still. Sie hatten ihr Pulver verschossen und in einem einzigen unübersichtlichen Durcheinander den Überblick verloren. Sie wurden aus dem Wehrdienst entlassen, es blieb ihnen nichts als die Uniform und der Rucksack der vergangenen Jahre. Eine vage Vorstellung von Normalität stellte sich ein. Sich die Zukunft als Vergangenheit zu denken, bedeutete, viele Schritte zurückzugehen. Das ausgefeilte System, das ihnen die Zukunft untersagt hatte, war so wertlos geworden wie Schmutz und Staub entlang des Heimwegs.

Lotti hatte fast ein Jahr als Funkerin gedient. Sie hatte ein Jahr lang den Krieg gehört und gesehen. Sie hatte Anfeindungen und Ausgrenzung erlebt, Misstrauen und Loyalität. Sie hatte ein bisschen riskiert, als sie Kriegsgefangenen, die in der Nähe des Fliegerhorsts untergebracht waren, ihre halb heruntergerauchten Zigaretten hingeworfen hatte, und wenig erreicht. Sie hatte getan, was von ihr verlangt wurde. Sie hatte gehorcht und sich bloß an das Vergessen erinnert.

Das Leben war so verschreckt, dass es sich kaum regte. Es drückte sich in den Häusern herum, wenn man davon sprach, senkte man die Stimme. Nur zögerlich wurden die Menschen selbstbewusster, und plötzlich hieß es, heute Abend wird im Turnsaal der Schule gefeiert. Es würde kein rauschendes Fest geben, es würden sich keine Tische biegen, denn es gab nichts, worunter sie sich biegen hätten können, es wäre ein Fest des befreiten Aufatmens. Wenig war gut, die Toten waren umsonst gestorben, und die meisten Verbrechen würden ungesühnt bleiben, aber es war vorbei.

Lotti hatte zufällig von den Vorbereitungen gehört, ihr war nicht zum Feiern zumute. Sie wollte sich nicht eingestehen, dass die Aussicht, sich zurechtzumachen, ein Kleid zu tragen, etwas Make-up und Lippenstift, sich wieder als Frau zu fühlen, ihr heimlich Freude bereitete.

Auf den ersten Blick wirkte der Saal trostlos. Der Verputz bröckelte, die Wände zierten schmutziggraue Abdrücke von Turnbällen und Schuhen. Ein armseliges Buffet, Brotscheiben und Würste, verdünnte Säfte und Bier, bunt zusammengewürfeltes Geschirr. Sah man genauer hin, erkannte man die strahlenden Gesichter der Gäste, die es genossen, Zurückhaltung und Verantwortung einen Abend lang abgeben zu können.

Lotti fühlte sich fehl am Platz. Nichts schien sie mit dem Wirbel um sie herum zu verbinden, die Gespräche blieben flach, die Getränke schmeckten schal. Sie ließ es über sich ergehen, trank und aß mechanisch, antwortete spärlich. Als sie den beharrlich auf sie gerichteten Blick vom Nebentisch bemerkte, senkte sie den Kopf. Sie wollte nicht reden und Belanglosigkeiten austauschen, wollte nicht lachen, scherzen und spielen. Der Blick bemerkte ihre Zurückhaltung nicht, oder er weigerte sich, diese zu akzeptieren, tiefer und tiefer bohrte er sich in ihre schmale Seite. Lottis Unwohlsein schlug in eine böse Lust um, ihn zu quälen. Sie erwachte aus ihrer Apathie und verwickelte ihre Sitznachbarn mit aufgesetzter Fröhlichkeit in ein Gespräch. Zwischen den Scherzen schielte sie zum Nachbartisch, zu dem schiefen, von einer schlecht verheilten Narbe entstellten Gesicht, dessen Ausdruck sie nicht zu lesen verstand. Sie wurde übermütig, als sie dem Alkohol haltloser zusprach, ihre Seitenblicke wurden verächtlich. Als man sie zum Tanzen aufforderte, warf sie den Kopf in den Nacken und ihre Arme um die Partner, ausgelassen gab sie sich der Musik hin, tanzte bald mit diesem, bald mit jenem.

Zurück an ihrem Platz traf sie sein Blick erneut, er sah sie an, als gäbe es nur sie.

Guten Abend, mein Name ist Anton Reichenstein. Gestatten Sie, dass ich mich zu Ihnen setze?

Lotti nickte unwillig.

Darf ich Sie nach Ihrem Namen fragen?

Ich heiße Lotti Preßler.

Sehr erfreut. Darf ich Ihnen etwas zu trinken holen, Fräulein Preßler?

Nein, vielen Dank, Herr Reichenstein. Ich werde bald nach Hause gehen.

Dann gestatten Sie mir, Sie nach Hause zu begleiten.

Anton Reichenstein brachte Lotti an diesem Abend nach Hause. Sie gingen langsam und schweigend, sie wussten einander nicht viel zu sagen. Er geleitete Lotti auch an den folgenden Abenden nach Hause, ihre Gespräche blieben schleppend. Was half es, sich über das Schwere, Unerfreuliche auszubreiten, immerhin, sie konnten einander stützten und unter die Arme greifen.

Wenige Wochen nach dem Fest machte Anton Lotti einen Heiratsantrag. Lotti nahm an, ihr *Ja* schien im Inneren ihres Kopfes zu explodieren. So fühlt es sich an, wenn das Leben weitergeht, dachte sie, es fühlt sich an wie ein dumpfer Knall. Heiraten und wegziehen, die Kleingeistigkeit dieser kleinen Stadt, die nie kleinzukriegen war, zurücklassen, dieses inzestuöse Nest, in dem die Mädchen Wanderpokalen gleich von Hand zu Hand gereicht wurden. Alles hinter sich lassen, das, was war, und das, was sein würde. Jemand anderer sein, einen fremden Namen annehmen, alte Bindungen kappen, neue knüpfen, und nie mehr an die eigene Familie anknüpfen, daran, dass sich deren Gedanken beim Aufstehen wohlig dem eigenen Vorteil zuwandten. Sie hatten es wieder geschafft, hatten Fakten verdreht und Tatsachen geleugnet, waren von den Bomben verschont geblieben und mussten nicht in die notdürftig gezimmerte, schäbige Unterkunft in einer ehemaligen Fabrik ziehen. Die Mörder waren keine Gespenster, sie waren real. Auf die Frage, wie man Schuld tilgt und Demütigung umschreibt, hätten sie Rede und Antwort stehen müssen, sie aber drückten sich und argumentieren, man hätte ihnen keine Wahl gelassen. Sie hätten Opfer gebracht, hätten zusehen müssen, wie der eigene Sohn in die Uniform geschlüpft und in den Krieg gezogen war. Tag für Tag auf eine gesunde Heimkehr hoffen, das wäre hart gewesen, vor allem für die Mutter. Ein Glück, dass ihr Heinz zurück war. Still war er geworden, in sich gekehrt und eigenbrötlerisch.

Die Hochzeit war kurz und glanzlos, mit Trauzeugen, Eltern und Geschwistern zum Standesamt und zum gemeinsamen Essen.

Die erste Wohnung war dunkel und eng, zwei schmale Zimmer, auf der einen Seite gingen die Fenster zum Lichtschacht, auf der anderen zur Straße.

Das erste Gefühl war Unbeholfenheit, das erste Kind ein Mädchen.

Anton war ein sanfter Mann. Wie ein gutmütiges Tier umschlich er Lotti, dankbar für Zuwendung und Aufmerksamkeit. Seiner hechelnden Zuneigung hatte Lotti bloß Praktisches entgegenzusetzen. Sie fütterte ihn mit dem warmen, gesalzenen Mark aus den Suppenknochen, das er so mochte, oder sie las ihm aus der Zeitung vor, wenn seine Augen abends müde waren. Anton war Lottis Schönheit ins Netz gegangen, den ebenmäßigen Zügen und den vollen Lippen, der schlanken Gestalt mit den festen Brüsten, diesem straffen Körper mit seinen raumgreifenden Bewegungen. Sie hielt ihn am Haken ihrer körperlichen Vorzüge gefangen, den er so tief verschluckt hatte, dass man ihn davon nicht lebend hätte befreien können. Dass sich eine so schöne Frau für ihn entschieden hatte. Den Verheißungen ihres Körpers hinkte ihre Persönlichkeit hinterher. Launisch war sie geworden, bequem und umständlich. Jedes Zwicken verdross sie, starr hielt sie an ihren Gewohnheiten fest. Dennoch nahm sie wahr, dass er gut zu ihr war. Er schränkte sie nicht ein und gewährte Freiheiten, die anderswo nicht selbstverständlich gewesen wären. Er vertraute ihr, sie führte kein schlechtes Leben als Lotti Reichenstein. Vom anderen, vom Vergangenen, erzählte sie nie, das gehörte nur ihr. Der Wunsch nach einem Gegenüber, das gleichsam Fortsetzung des eigenen Ichs war, war nicht erloschen, aber nach und nach verlor er seine Dringlichkeit. Und nach und nach begannen die

Erinnerungen in Lottis Zeichnungen ein neues Zuhause zu finden.

Spätabends, wenn Anton und Luna zu Bett gegangen waren, schlich sich Lotti in die Küche und zeichnete. Sie holte Bilder aus ihrem Kopf und brachte sie zu Papier, sie erfand und ergänzte, verwandelte und verzierte. Beim Malen verschwanden Grenzen, sie wurden porös und lösten sich auf, die Schranken im Kopf bröckelten und wurden überwindbar. Lotti radierte die Gegenwart aus, sie spielte mit dem Stift und mit ihren Gedanken. Immer wieder skizzierte sie Veza, Gesicht und Gestalt wandelten sich unter ihren Händen, sie wurde zu einem Tier, zerrann und verdunstete, oder glitt, dünn wie ein Strich, durch ein Schlüsselloch, hinter dem die Welt aufhörte zu sein. Schwarze Lippen bliesen sie auf, bis sie platzte, und aschgrauer Regen besprühte die Welt.

Die mit Farbe und Papier erschaffene Wirklichkeit gab Lotti Halt, und doch war sie bisweilen allem überdrüssig. Sie hatte sich nie wirklich als Ehefrau und Mutter gesehen. Sie wusste von anderen Frauen, wie sehr diese sich nach Mutterschaft sehnten, danach, das eigene Kind im Arm zu halten, sagen zu können, das ist meine Tochter, mein Sohn. Meines. Auch der Akt der Geburt hatte sich, als die Schmerzen zu Ende waren, nicht in eine Schöpfungsgeschichte verwandelt, sondern war die Tortur geblieben, die sie war, nicht mehr und nicht weniger, keine Erhöhung, keine Überzeichnung. Es regte sie auf, wie ungebremst die Kleinen ihre Gefühle ausagierten, wie sie sich gehen ließen und hemmungslos schrien, wenn ein Wehwechen es gewagt hatte, ihren Anspruch auf Unversehrtheit zu durchkreuzen. Rasch entwickelte Lotti Routine im Alltag, sie funktionierte, war abwechselnd Köchin, Putzfrau und Kindermädchen oder alles in einem.

Hinter ihren souveränen Bewegungen verbarg sich eine eigentümliche Distanz. Gelegentlich trat sie einen Schritt zurück, heraus aus dem Hamsterrad des Familienlebens, dessen Gewohnheiten und Abläufe sie langweilten und ermüdeten, und sah sich zu. Es war, als spiele sie eine Rolle. Wie das Mädchen, das in die Stöckelschuhe der Mutter schlüpft, sich die Wimpern tuscht und die Haare hochsteckt, um den Hals hängt es die Perlenkette und an die Ohren steckt es die Clips. Die Identitäten verbanden sich nicht, nur oberflächlich hatte man die eine auf die andere gelegt, Schnittmuster aus trockenem, raschelndem Papier, die auf den weichen Stoff gebreitet worden waren. Sie wusste, dass es das Fühlen war, das fehlte. Sie fühlte nicht nichts, aber es war zu wenig oder das falsche, es blieb ungenügend und verhinderte die dauerhafte Bindung. Sie empfand Pflichtgefühl, Dankbarkeit und Verantwortung, doch der mangelnde Kitt des einen großen Gefühls, der Liebe, war nicht zu ersetzen. Manchmal wehte sie ein Hauch dieses Gefühls an, streifte sie im Moment des Betrachtens, wenn sie über ihr schlafendes Kind gebeugt stand, oder wenn sich dessen Finger nicht fordernd und nicht Aufmerksamkeit heischend, sondern in hingebungsvollem Vertrauen in ihre Hand schoben.

Als sie in ein Haus in einem der grünen Randbezirke umzogen, entdeckte Anton seine Begeisterung für den Garten. Jede freie Minute verbrachte er draußen, er legte Beete an, verjüngte die Sträucher und pflanzte Himbeeren und Erdbeeren. Zögerlich wuchs Lotti in die neuen Aufgaben hinein. Sie empfand keinen Unwillen, ihre Ablehnung war eher ein stiller Protest. Sie wollte nicht gleich empfinden wie Anton, wollte seine Leidenschaft für das Umgraben und Gestalten nicht teilen, wollte sich von ihm unterscheiden und anders sein. Als sie den wilden Kren entdeckte, der zwischen den Gleisen der am Haus vorbeiführenden Bahntrasse wuchs, war sie kurz glücklich. Sie erkannte die Blätter, die Tante hatte den Kren für Ostern stets eigenhändig gepflückt. Sie zog eine Pflanze zwischen den Steinen der Trasse aus der Erde, und mit der krummen Wurzel kamen Erinnerungen an Ostern, an Abschiede und Verluste zum Vorschein. Und ein kurzer Gedanke, ein Aufblitzen, was wäre, wenn ich mich in den Gleisen verfinge und nicht ausweichen könnte?

Behutsam und ohne Hast entdeckte Lotti die Natur. Früher war dieses Treiben nicht mehr als ein selbstverständliches Rauschen im Hintergrund gewesen, jetzt nahm sie es bewusster wahr. Sie saß lange auf der südseitig gelegenen Mauer, die längs entlang des Hauses vom Eingangsbereich vor zur Terrasse führte. Wenn es sonnig war, ließ sie sich blenden und hörte zu. Sie hörte die Vielfalt und bemerkte, mit welcher Intensität und Ausdauer die Tiere einander lockten und abwehrten, stets variierten die Strophen, griffen ineinander, überlagerten sich, und nie war es Disharmonie. Sie begann wieder zu lieben. Sie liebte den Flügelschlag und die Grillen, sie liebte den Regen und den Wind. Sie liebte das Verstummen vor dem Gewitter und das erleichterte Aufatmen danach. Sie liebte die Verwandlung, das Wachsen und Sterben und das Keimen aus der eingezogenen Kraft. Sie liebte die heimliche Bewegung in der Nacht und den geschäftigen Fleiß des Tages.

Nichts davon war sinnlos, nichts war Willkür, es gab keine Zerstörung und keinen Hass.

Die Unschuld der Schuld
Luna

Sie hätten einander etwas vorgeworfen, das sie sich selbst nicht vorwerfen konnten. Als wäre der andere schuld, dass sie einander verloren hatten.

Lotti erwartete wieder ein Kind. Sie liebte es dafür, dass es ihr so angenehme andere Umstände bereitete, selten war sie erschöpft, es schien mit ihren Kräften hauszuhalten und ihren Schlaf zu respektieren. In der Nacht war es ruhig, es trat nicht gegen ihre Bauchdecke und forderte nicht das gleichmäßige Schaukeln der mütterlichen Schritte ein.

Luna war anspruchsvoller. Auf Schritt und Tritt folgte sie der Mutter durchs Haus, sie verteilte ihr Spielzeug quer über alle Räume, und hatte dabei viel zu erzählen. Ihr Stoffhase habe seine Karotten nicht aufgefressen und seltsame rote Flecken rund um die Schnauze, nein, sie habe ihn nicht angemalt, das seien sicher die Masern, genau jetzt, wo sie Geburtstag feiern wollten. Wenn sie sich bei ihm ansteckte, würde das Fest ins Wasser fallen und niemand bekäme Kuchen, das dürfe nicht passieren, sie wolle lieber vorsorglich eine Tablette schlucken.

Ihre Ausdauer kannte keine Grenzen. Treppauf und treppab beförderte sie Bälle, Puppen und Bauklötze, nahm etwas Neues ihre Aufmerksamkeit in Anspruch, entglitt ihr achtlos, was sie gerade in Händen hielt. Sie war so verträumt. Als Lotti mit der plappernden Luna im Arm über eine Schnur stolperte, die das Mädchen im Vorzimmer als Wäscheleine für ihre Puppenkleider gespannt hatte, schlug sie der Länge nach auf dem Steinboden auf. Sie hatte keine Hand frei, um sich zu schützen, sie spürte den Schmerz und wusste, es war vorbei.

So klein und zerbrechlich war es, nicht lebensfähig, ein Wesen mit durchscheinender Haut, unter der man das Blut nicht pulsieren fühlte. Leicht wie ein Vogel lag es in ihrer Hand, seine Schwerelosigkeit blieb als unsichtbarer Abdruck darauf haften. Sie stellte sich vor, ihn heranwachsen zu sehen, sportlich und klug wäre er gewesen, ein geduldiger Sohn, er hätte Flugzeuge, Schäferhunde und ihren Apfelstrudel gemocht. Kalt geworden war er lange vor dem Begreifen. Sie konnte nicht mehr aufstehen, und während sie sagten, das Leben geht weiter, wartete sie darauf, dass es stehen bliebe. Sie verstanden nichts, wohlmeinende Ignoranten, die sich Wissen anmaßten, wo sie nichts wussten. Nichts würde jemals wieder gut, sie war immer allein. Beiläufig nur fanden manchmal Wünsche zueinander, eine Illusion von Verstehen. Das war alles.

Als sie aufstand, war das Leben nicht stehen geblieben, aber es hatte sich verändert. Sie betrachtete es gleichgültig, jeder Tag lag wie ein formloser Berg vor ihr, es gab nichts Gutes und nichts Schlechtes, kein Recht und kein Unrecht. Das Leid ihrer Tochter ging in dieser Masse unter. Die Sehnsucht nach der verzeihenden Mutter, die Sehnsucht nach dem einen Wort, dem einen Satz, blieb unsichtbar. Unschuldig, du bist unschuldig. Ohne ein einziges Wort zu sagen, lud Lotti Schuld auf viel zu zarte Schultern.

Das Gesprochene veränderte kaum sein Gesicht, hinter den Worten aber lauerte das Unausgesprochene. Es lauerte in Blicken und hilflosen Gesten, in der verhärteten Mimik, dieser Maske des Nicht-verzeihen-Könnens, mit der sich die Mutter jeden Tag schminkte. Das Selbstverständliche an der Selbstverständlichkeit war verloren gegangen. Luna kannte das Kindsein, sie wartete auf den Gute-Nacht-Kuss vor dem Zubettgehen und den warmen Kakao am Morgen, sie wusste, was wann zu erwarten war und wie etwas sein sollte. Sie wusste es, und sie wusste es wieder nicht, denn das Sichere war bedroht von den Seufzern, die es umkreisten, die an seiner glatten Oberfläche kratzten und nagten.

Das Mädchen umkreiste die Mutter auf Samtpfoten. Es ihr endlich recht machen, endlich das Richtige sagen und tun, die Liebe, die Gute zurückerobern, die sich hinter der harten Erscheinung verbarg. Alles warf es in die

Waagschale, es säuselte und lockte, bettelte und flehte, schrie und tobte, es war vergebens. Luna wurde böse, sie wurde stumm. Die hundert Hände, die sie so oft und vergeblich ausgestreckt hatte, steckte sie wieder ein, sie zog sich zurück und wandte sich ab. Sie mag mich nicht, also werde ich sie nicht mögen. Als sie erkannte, dass ihre bedingungslose Zuneigung nicht umzubringen war, verwandelte sie ihre Liebe in Hass.

Lotti spürte die Ablehnung der Tochter, die Zurückweisung tat ihr nicht weh. Fast war es eine Erleichterung, eine heimliche, uneingestandene Erleichterung, dass sich die Tochter gegen sie stellte. Es war die sichtbare Legitimation für die unsichtbaren Schuldzuweisungen, endlich war Lotti im Recht.

Keine zwei Jahre nach der Fehlgeburt brachte Lotti einen gesunden Buben zur Welt. Sie nannten ihn Anatol nach dem griechischen Wort für Sonnenaufgang. Anatol war genügsam, seine Entwicklung verlief frei von Verwerfungen, Unebenheiten schienen wie von unsichtbarer Hand glatt gebügelt. Lotti umkreiste ihre aufgehende Sonne, während Luna unterging.

Luna fand Halt in den Banalitäten des Alltags. Ihre Spielsachen stellte sie in Reih und Glied auf, Abstand und Ausrichtung der Schuhe, der Schulhefte und ihres Bestecks waren klar definiert. Alles folgte festen Gewohnheiten, unentwegt zupfte sie an Schultern, Kragen und Gesäß. Die kleinen Verlässlichkeiten waren ihr Aufgebot gegen die große Unzuverlässigkeit. Sie war jung und hatte keine Worte für das, was sie umtrieb. Sie spürte eine Grenze im Kopf, Stimmungen und Impulse vibrierten entlang dieser Linie, ihr Körper reagierte darauf. Manchmal war die Grenze scharf und gerade gezogen, manchmal wurde sie unscharf. Sie richtete die Wahrnehmung nach innen. Sie lauschte dem Rauschen und Knacken im Ohr, dem Glucksen im Bauch, sie spürte das Brennen in den Augen, fühlte ihren Atem stocken und fließen. Sie beobachtete ihre Haut, wusste, dass sie vierzehn Muttermale hatte, und kartografierte jedes weitere penibel, sie zeichnete die Konturen von Nase und Kinn blind in die Luft und fertigte Hand- und Fußabdrücke, deren feine Linien sie einem Atlas gleich studierte. Schritt für Schritt erschuf sie ein Gegenüber, einen unsichtbaren Zwilling, an dessen Seite sie spielte, aß und schlief. Sie kuschelte sich in ihre Arme und hörte den gleichmäßigen Atem der Schwester bei Nacht, sie vernahm das geräuschvolle Kauen, wenn das Essen nicht schmeckte und unzerkaute Brocken sich in den Backen sammelten, sie hörte das Tappen leiser Schritte im Rücken.

Nicht immer war die andere anschmiegsam und verständig, gelegentlich verweigerte sie die Umarmung und zog sich zurück, oder rastete aus. Sie biss Luna so heftig in den Daumen, dass der Finger blutete. Luna schrie auf, das Brennen der Wunde aber war eigenartig befreiend. Luna verlangte Nähe und Unterwerfung, ihr unausgesprochener Wunsch sollte der anderen Befehl sein. Die Zwillingsschwester begehrte auf, sie hatte keine Lust, unscheinbar in zweiter Reihe zu stehen. Sie wollten sich gegenseitig beherrschen und kämpften mit ihren spitzen Kinderzähnen, die sich in Lunas Hand verbissen, bis das Drängen nachließ. Dann lagen sie erschöpft ineinander gerollt, Luna schluchzte, bis der Schmerz abebbte, sie atmeten gleichmäßiger, strichen sich das Haar hinter die Ohren und kamen zur Ruhe.

Am Abend ihres zehnten Geburtstags, nach einer lieblosen Feier, entschied Luna, alt genug dafür zu sein, sich ein besseres Zuhause zu suchen. Vielleicht war ihre Mutter in Wahrheit die böse Stiefmutter und die liebende Mutter lebte dort draußen. Heimlich richtete sie sich ihren Rucksack, vier Äpfel, je zwei für sich und den Zwilling, vier Scheiben Brot, zwei Stück Schokolade, ein kleiner Puppenpolster und das Schlafkuscheltier. Sie verließ das Haus unbemerkt in der Dämmerung, warm eingepackt in Wintermantel und Haube, Mitte Oktober waren die Morgen schon frisch. Luna war stolz auf ihre Umsichtigkeit, sie würde nicht frieren und fühlte sich beinahe erwachsen. Geschlafen hatte sie wenig, das Abenteuer war groß, doch als sie in der kühlen Morgenluft losstapfte, war von der Müdigkeit wenig zu spüren.

Sie hatte ihr Leben in die eine und die Zwillingsschwester an der anderen Hand genommen, sie hatte Bewegung in das tägliche Einerlei gebracht. Forsch marschierte sie los, *links-zwo-drei-vier*, ihre Arme schlenkerten im Takt, der Himmel färbte sich rosa, die Vögel sangen heute nur für sie.

Von den Straßen hielt sie sich fern, sie wollte nicht auffallen. Sie wusste, man würde nach ihr suchen. Man würde sie in der Schule vermissen, sie würde ihrem Vater fehlen, und vielleicht sogar ihrer Mutter und dem von Liebe und Keksen dick gewordenen Anatol. Luna frohlockte. Sie pfiff und summte, bald rastete sie und aß einen Apfel. Sie hatte vergessen, Wasser einzupacken, ein Glück, dass das Obst ihren Durst löschte. Die Beinchen wurden müde, das Herz blieb stark. Ein guter Tag lag vor ihr, ein Tag voll Freiheit und voller Überraschungen.

Als Luna nicht in der Schule und nicht bei der besten Freundin aufgetaucht war, begann die Suche. Als es dämmerig wurde und es keine Spur von ihr gab, kam die Angst. Sie suchten die ganze Nacht ab, suchten mit ihren Hunden und Lampen. Sie suchten vergeblich im Dunkel, der Mond war heute nicht am Himmel, der Mond lag im Wald und schlief. Den Kopf in den Puppenpolster und das Stofftier ans Herz, die Schokolade an den Gaumen und den Körper an die Zwillingsschwester gepresst, die heute seltsam kühl war und Luna nicht wärmte.

Am nächsten Morgen wurde eine kleine Gestalt mit Rucksack gesehen. Sie ging langsam am Waldrand, entlang der abgeernteten Felder. Sie war dankbar für die Wärme und den Kakao in dem fremden Haus. Als sie in den Armen der Eltern lag, war sie erleichtert. Die Zwillingsschwester ließ sie in den Wäldern zurück, dass sie lieber bei den Elfen und Feen lebte, hatte sie Luna im Stillen anvertraut.

Lotti hatte verstanden, endlich, die Kinder waren niemals schuld. In ihrem Inneren öffneten sich Türen, Licht strömte herein. Dass es auch gut ausgehen konnte, dass das eine Möglichkeit war. Sie hielt Luna jetzt mit ihrem Blick fest und warm, sie wollte besser hinsehen, wollte verstehen und verzeihen. Auch das unfertige Bild der verlorenen Freundin tauchte auf, sie wollte es von allen Seiten betrachten, womöglich vervollständigen. Luna hingegen blieb auf der Hut. Sie ließ sich nicht vorbehaltlos in die Arme der Mutter fallen, nur hin und wieder schaute sie dort vorbei, so, wie man entfernten Verwandten einen Besuch abstattet.

Zwei Tage nach ihrer Flucht flog ein Vogel gegen ihr Zimmerfenster. Hilflos lag er am Boden, vom Schock des Aufpralls erschüttert, seine Augen waren geschlossen, der Schnabel halb geöffnet, die spitz zulaufende Zunge hing heraus. Vorsichtig hob Luna die Blaumeise auf, mit den Händen formte sie eine wärmende Höhle. Stundenlang saß sie mit ihr vor dem Haus. Dass ein Lebewesen so leicht sein konnte. Sie bewunderte die Zartheit der Federn, jede einzelne saß am richtigen Platz, blau zu blau, gelb zu gelb, unterhalb des Kopfs eine geschlossene Linie in schwarz. Bewegte sie ihre Finger, öffnete der Vogel die Augen und spreizte die Flügel. Luna spürte den inneren Kampf, sein Überleben hing am seidenen Faden. Als es Abend wurde und er keine Anstalten machte zu fliegen, bettete sie ihn auf der Terrasse in einen mit Moos ausgelegten Karton. Am nächsten Morgen war er verschwunden.

Luna pflückte Äpfel, als sie den Flügelschlag hörte. Eine Blaumeise war auf dem Ast über ihr gelandet und sah ohne Scheu zu ihr herunter.

Eine Begabung
für das Schöne und das Gute

Dorothea und Lotti

Ihnen beiden sah man wirklich an, dass sie nicht die waren, die sie zu sein schienen, und so war es ausgeschlossen, dass sie keine Geheimnisse hatten.

Plötzlich war sie da gewesen, unangekündigt und ohne Vorwarnung. Sie wollte alles wissen. Wie hatte Veza im Kloster gelebt? In welchem Bett hatte sie geschlafen, an welchem Tisch hatte sie gegessen? Welche Arbeiten hatte sie verrichtet, worüber hatten sie gesprochen? Alle Lücken wollte sie füllen, sie wollte hören, sehen und riechen, wie es gewesen sein mochte, an diesem Ort Veza zu sein. Oder eben nicht Veza, sondern Schwester Teresa. Waren sie ein und dieselbe Person oder hatte sich etwas verschoben? Hatte sich Schwester Teresa von Veza entfernt, hatte sich die eine über die andere hinweggesetzt, vielleicht sogar überlegen gefühlt? Schwester Dorothea antwortete geduldig, wo es Antworten gab. Dort, wo es keine gab, wo die Klausur begann und das Innen sich vom Außen trennte, öffnete sich kein Fenster. Sie erzählte von der Bescheidenheit, vom strengen Ritus, dem ihre Gemeinschaft gehorchte, vom Schweigen und den ihnen zugeteilten Aufgaben. Die Überschaubarkeit habe Veza Halt gegeben, obwohl sie sich anfangs schuldig gefühlt habe. Sie habe nicht mit ihrer Entscheidung gehadert, aber mit der Unvereinbarkeit. Man folgte dem Gelübde, lebte drinnen oder draußen, ein bisschen Kloster, das gab es nicht.

Bevor Lotti aufbrach, übergab Schwester Dorothea ihr eine Schachtel mit Briefen. Ein Band aus rotem Samt hielt einen Stapel Briefe zusammen, Lotti hatte Veza viele Briefe geschrieben, darunter fand sie Post von Vezas Eltern und eine Handvoll Fotos, Mutter und Vater, am bräunlich ausgebleichten Papier kaum erkennbar, Kinderfotos von Vezas Schwestern, und jenes von Lotti, das sie am See gemacht hatten. Und eine herzförmige Dose. Es war alles, was von Veza Herczeg geblieben war. Sonst gab es bloß eine Inschrift am Gemeinschaftsgrab der Schwestern:

Schwester Teresa
* 23.6.1921
† 29.5.1944

Lotti kam regelmäßig. Die Frauen legten ihre Erinnerungen zwischen sich ab und errichteten darauf eine Achse der Gedanken, auf der sie hin und her reisen konnten. Unausgesprochen dazwischen stand das Thema des Glaubens, da waren sie uneins. Lotti hatte Vezas Entscheidung nie nachvollziehen können. Mit Vezas letztem Brief, dessen Inhalt sich Wort für Wort in ihr Gedächtnis eingebrannt hatte, hatte sie lange gehadert. Wie war es möglich, diesen sinnlosen Tod anzunehmen? Wie konnte man behaupten, Gott erkenne den Sinn, während die Menschen verzweifelten? Wie weit konnte Glaube gehen. Sie verstand nicht, was es mit dem ewigen Leben und dem Reich Gottes auf sich hatte, sie lebte jetzt und hier auf Erden und fand es müßig, über alles, was danach käme, oder auch nicht, nachzudenken. Sie war nicht bereit, irdisches Leid auf sich zu nehmen, um möglicherweise im Jenseits dafür belohnt zu werden. Für sie war Gott gestorben, als er Veza sterben ließ, als er dieses ganze unfassbare Gemetzel geschehen ließ, dabei zuschaute oder einfach wegsah. Sie lebten in einer gottlosen Welt. Zwischen Schwester Dorothea und Lotti spielte sich ein Ritual ein. Nachdem sie sich begrüßt und Neuigkeiten ausgetauscht hatten, lenkte Dorothea das Gespräch in Richtung eines Gebets für die verstorbene Freundin. Lotti wehrte ab, sie gab vor, es eilig zu haben, höchstens eine halbe Stunde habe sie Zeit. Danach blieb sie oft mehrere Stunden. Erst beim Verabschieden kamen sie auf das Gebet zurück, und dann war es wirklich zu spät.

Neben dem Reden gab es das Schweigen. Die beiden schwiegen oft lange, und ihr Schweigen war weder stumm noch leer, sie schwiegen miteinander, und das war so viel mehr, als einander anzuschweigen. Lotti verstand, ihr Glück und ihr Unglück waren ein und dasselbe, es gab das eine nicht ohne das andere, beschenkt und beraubt werden, die Vorder- und Rückseite des Glücks. Nur aus großen Höhen war der Fall tief. Und doch schwang Verwunderung darüber mit, wohin es sie getrieben hatte. Sie hatte sich stets treiben lassen, sich der Strömung überlassen und nicht dagegen gearbeitet. Den Boden unter den Füßen hatte sie erst gespürt, als es sie zu Veza gespült hatte. Als hätte sie Land betreten, als wäre sie neben Veza in eine bestimmte Richtung gegangen. Oder hätte immerhin gewusst, dass es eine Richtung gab. Mit ihr musste sie nichts werden, um alles zu sein.

Im nüchternen Besuchszimmer versuchte sie, ein Gefühl von Richtung wiederzufinden, es aus sich herauszuholen, sie tastete die andere mit ihren Augen ab, schweifte ab, verzettelte sich und hatte wieder nicht verstanden.

Dorothea gab sich verständnisvoll, begann ihre Sätze mit *Meine Liebe.* Es war freundschaftlich gemeint, für Lotti klang es überheblich. Wenn sie sprach, kamen die Worte flüssig und ohne Zögern, ihr Ausdruck war deutlich und klar. Sie stellte viele Fragen, auch das missfiel Lotti, eine unangenehme, fast unanständige Neugier. Der räumliche Rückzug ist ihr Schutz, ihr Erleben ist unecht und verfremdet, weil es trennt und nicht in Zusammenhang bringt, überlegte Lotti, und sie dachte sich die andere in einer endlosen Gegenwart, ohne Vergangenheit und ohne Zukunft.

Dorotheas Augen blieben an der Muttergottes mit dem Jesuskind hängen, ihre Kindheit tauchte vor ihrem inneren Auge auf. Es war nicht leicht gewesen, die Tochter ihrer Eltern zu sein.

Ob Lotti ihre Kinder beim nächsten Besuch mitbringen wolle?

Lotti schüttelte abwehrend den Kopf, ihr war nicht nach Plaudern zumute.

Die Züge der Ordensfrau waren undurchdringlich. Lotti suchte nach einer Blöße, einem Moment der Unbeherrschtheit, der einen Blick unter die Oberfläche erlaubt hätte. Diese Wand aus Freundlichkeit. Dass sie sich in der Gleichförmigkeit nicht verlor.

Sie wolle sie kennenlernen, fuhr Dorothea fort, sie hätte sie beobachtet, ihre Gesichter erforscht, um zu verstehen, wie es für diese beiden war, jung zu sein. Die seelische Verfassung einer Familie trat nirgendwo so deutlich zu Tage wie in den Gesichtern der Kinder.

Lotti wehrte ab, sie passten nicht in diese fremde Welt.

Wie gekonnt die Schwestern alles verbargen, den Körper unter dem bodenlangen braunen Gewand, das

Haar unter schwarzem Stoff, der sich den Nacken hinunterwellte, unter dem Schwarz blitzte ein weißer Rand auf, der das Gesicht einrahmte und unter dem Kinn abschloss. Die Hände hielten sie meist unter dem Habit gefaltet.

Sie habe Fotos, Dorothea müsse mit den Fotos vorliebnehmen.

Lotti holte ein Lederetui aus ihrer Handtasche und schob es unter dem schmiedeeisernen Gitter hindurch auf die andere Seite.

Lange studierte Schwester Dorothea die kleinen Gesichter. Luna blickte sehr direkt in die Kamera, ihr Haar war zu Zöpfen geflochten, sie sah hübsch aus und ernst. Anatol lachte breit, die runden Wangen verrieten einen Hang zur Bequemlichkeit, wirkten weich, formbar wie Teig. Als könne man sie in jede beliebige Gestalt kneten. Sie hätte Lotti gerne in der Mutterrolle erlebt.

Ihrer eigenen Mutter war die Kraft zu gestalten zu früh abhandengekommen. Früher hatte sie es nicht benennen können, hatte nur wahrgenommen, dass etwas fehlte. Sie war schön gewesen, das rötliche Haar kunstvoll hochgesteckt, sehr gerade hatte sie sich gehalten, hatte Wert auf Eleganz gelegt, mit einer Prise Extravaganz. Auffallende Abendgarderoben hatte sie getragen, das wusste Dorothea noch, bodenlange, ausladende Stoffe in kräftigen Farben, die sich wie eine zweite Haut um ihren Körper schmiegten und wunderbar mit dem leuchtenden Haar harmonierten. Einige ihrer Kleider hatte sie selbst genäht. Dorothea durfte ihr mit der Schneiderkreide zur Hand gehen, in gerader Linie, in einem Schwung, musste sie entlang der Schnittmuster eine weiße Linie ziehen. Danach hatte sie ihr Gesicht in die glänzende Seide gedrückt und sie mit den Fingerspitzen gestreichelt, bis sie von der Mutter verscheucht worden war. Du machst mir den Stoff fettig, hatte sie gesagt.

Dass sie sich beim Sprechen verhaspelte, dass ihre Sätze von langen, unangenehmen Pausen unterbrochen waren und sie schrill lachte, hatte Dorothea körperliches Unbehagen bereitet. Wie oft hatte sie sich eine huldvoll lächelnde, schweigende Mutter gewünscht.

Lotti saß in sich versunken, blass, es hätten drei Bilder sein sollen, und da waren nur zwei, eines links, eines rechts, hineingezwängt in ein abgegriffenes Etui. Was wusste Dorothea schon von Mutterschaft, was wusste sie von den Sorgen, von dem Gefühl, ungenügend zu sein. Das an Luna begangene Unrecht lastete schwer, es gab keine Wiedergutmachung, keinen Zaubertrick, der eine neue, süße Geschichte an dessen Stelle setzen könnte. Weil sie es nicht richtigstellen konnte, hätte sie es am liebsten verworfen. Wie eine misslungene Zeichnung, wegwerfen und neu beginnen. Das war unmöglich, und die Beziehung zur Tochter blieb stümperhaft.

Dorothea konnte gerade nichts anderes denken, als dass man nicht traurig sein sollte, wenn man an die eigene Mutter dachte. Dass das möglich war, sagte sie bei sich, zeitlebens nicht zu sich finden, sich nicht zu entfalten, an einer falschen Geschichte zu schreiben. Hoffnungslos hatte sie sich in geschlossene Türen verrannt, hatte an ihren Schwächen gefeilt, sie ausmerzen wollen und war bloß sie selbst geblieben.

Schweigend betrachtete sie die Frau, die ihr gegenübersaß, einen Augenblick lang wünschte sie sich, sie in den Arm zu nehmen, oder in den Arm genommen zu werden. Sie reichte ihr mit der rechten Hand die Fotos, mit ihrer linken griff sie durch das Gitter nach Lottis rechter und drückte sie einmal fest. Beide Hände waren kalt, und so verhallte die Wärme der Geste.

Lotti sah überrascht zu Schwester Dorothea auf, sie erhaschte eine ungewohnte Regung in der glatten Mimik der Ordensfrau. Wie es sich wohl anfühlen mochte, frei von Bindungen zu leben, nur die Beziehung zu einem unsichtbaren Gott. Wenn sie Dorothea zu lange betrachtete, kam der alte Groll hoch. Sie wusste, dass der Vorwurf unvernünftig war. Und dennoch, wäre Veza damals nicht in den Karmel eingetreten, wäre ihnen mehr gemeinsame Zeit geblieben, der Karmel hatte ihr Veza genommen. Irgendwann, und sei es um den Preis eines Zerwürfnisses, würde sie ihr das an den Kopf werfen.

Dorotheas Blick ging über Lotti hinweg, sie wollte Mitleid empfinden, aber es gelang ihr nicht, sie fühlte sich leer.

Die Mutter hatte gute Tage gehabt, jene, an denen sie sich selbst an den Herd stellte, die Tage der Marillenknödel und der gefüllten Paprika, nichts war so befriedigend wie das Kneten des Teiges, das Ausschälen und Füllen, Dorothea hatte diese Stunden geliebt. Die schlechten Tage waren in der Überzahl gewesen, da hatte sie sich treiben lassen. Ihre Talente waren verkümmert, sie hatte sie für wertlos gehalten. Dabei waren sie wertvoll, eine Begabung für das Schöne und das Gute, für den Humor und die Menschlichkeit. Aber nicht für die Liebe. Sie hatte Begabung mit Bildung verwechselt, und Wissen mit Intellekt. Sie hatte sich verbogen und in nutzloses Lernen verbissen, um sich die Liebe zu verdienen. Die jedoch hatte sie enttäuscht zurückgelassen.

Fast beneidete sie Schwester Dorothea um die Klarheit, obwohl es unvorstellbar blieb, auf ein und denselben Ort beschränkt zu sein, sich nicht ausdehnen, seine Fühler nicht ausstrecken zu können. Nur im Kopf zu reisen. Vielleicht hatte sie die bessere Wahl getroffen, sie musste nichts entscheiden und keine Verantwortung übernehmen. Der Gedanke kam ihr, dass jede Ablenkung eine Art Flucht war, sie liefen alle vor sich davon.

Die Entscheidung, ins Kloster zu gehen, musste die Mutter enttäuscht haben. Sie hatte es nicht ausgesprochen, ihr keinen Vorwurf gemacht, aber Dorothea hatte es der Mutter angesehen. Ihre radikale Abwendung hatte alle gesellschaftlichen Opfer und Bemühungen zunichte gemacht, dafür hätte sie nicht nach oben heiraten müssen. Vergeblich hatte sie auf ein anerkennendes Wort gewartet. Erst nach ihrem Tod, rein zufällig und nebenbei, hatte sie ausgerechnet von ihrem Bruder erfahren, wie stolz sie angeblich auf ihre Tochter gewesen war. *Die Dorothea macht es richtig*, so oder so ähnlich hatte sie es ihm gegenüber formuliert, oft habe die Mutter von ihr gesprochen, sie sei der heimliche Maßstab gewesen. Ihr Mut und ihre Konsequenz hätten die Latte unerreichbar hoch gelegt. Dorothea hatte es nicht gewusst.

Ob man diese Frage stellen könne, *Warum haben Sie diesen Weg gewählt?* Ob ihr Dorothea eine ehrliche Antwort geben würde, ob es überhaupt eine Antwort gäbe? Vielleicht hatte auch sie sich treiben lassen, vielleicht setzten die Wenigsten ihre Schritte bewusst.

Das Bild des Vaters war weniger scharf, an ihn dachte Dorothea seltener. Er nahm den Platz des Dominanten ein, hatte das letzte Wort, er wusste alles und er wusste alles besser. Er lachte wie ein Pferd, selbstgefällig und laut. Eine andere Meinung ließ er nur gelten, wenn sie in Wahrheit seine eigene war. Es gab klare Regeln und Vorgaben, an die man sich zu halten hatte, lehnte man sich dagegen auf, konnte er grausam sein. Sie hatte seine barsche, vernichtende Seite kennengelernt, als sie aufbegehrte, als es ihr zuwider geworden war, den Anweisungen der Eltern Folge zu leisten. Sie hatte keine Lust gehabt, sich weiter den strengen gesellschaftlichen Konventionen zu unterwerfen, sie wollte aus dem Korsett des wohlerzogenen Mädchens ausbrechen, aus dem Stillsitzen und Mundhalten, dem Teetrinken aus ungarischem Porzellan und dem Löffeln der damals unverzichtbaren Schildkrötensuppe. Sie hatte schon früh eine Ahnung vom Brodeln unter dem Schein, das, koste es, was es wolle, unter Verschluss gehalten werden musste. Sie wollte nicht dieselbe Richtung einschlagen wie ihre Mutter, die sich, ehe sie überhaupt eine Möglichkeit gehabt hätte, herauszufinden, wer sie war, in einer ihr zugeschriebenen Rolle widergefunden hatte, ungefragt in diese hineingestoßen. Dorothea wollte ihre eigene Geschichte schreiben, wollte die Seiten langsam und mit Bedacht füllen, sie wollte Erfahrungen sammeln, die für sie nicht vorgesehen waren. Ihr Bruder durfte, was man ihr untersagte, mit bedeutungsvollen Blicken sprach man von den wertvollen Jahren der Jugend, davon, dass er sich die Hörner abstoßen müsse. Dass diese Erfahrungen ihren Bruder zu einem besseren Menschen gemacht hätten, bezweifelte sie, er war immer ein Heißläufer gewesen und daran schien sich nichts geändert zu haben. Einmal hatte es einen handfesten Skandal gegeben. Sie waren in den Ferien zum Schwimmen am Fluss gewesen, die Stimmung war gereizt gewesen und plötzlich war sie gekippt, scheinbar unerklärlich und grundlos. Die Gruppe um ihren Bruder hatte sich auf ein hilfloses Opfer eingeschossen, die Burschen hatten sich abreagieren müssen, die von Sommerhitze und Langeweile überkochende Energie loswerden. Abwechselnd hatten sie ihr Opfer so lange untergetaucht, bis ihm die Kraft gefehlt hatte, gegen die Strömung anzuschwimmen. Hätte man den Bub damals nicht rechtzeitig aus dem Wasser gezogen, wäre das Leben ihres Bruders möglicherweise anders verlaufen. So zelebrierte er das dominante, vom Vater geerbte Gehabe.

Bald nach der Hochzeit und der Geburt des ersten Kindes waren die Gerüchte lautgeworden. Dorothea wusste, dass man auf Gerede wenig geben durfte, als die Schwägerin mit dem gemeinsamen Sohn eines Tages unangekündigt in der Tür gestanden und es ihr mehr schlecht als recht gelungen war, die Fassung zu wahren, war es mit dem Leugnen vorbei. Dorothea wurde nicht einbezogen, man flüsterte hinter ihrem Rücken. Sie begann, sich Dinge auszudenken, sie kannte den Jähzorn ihres Bruders nur zu gut. Sie stellte sich die drei bei Tisch vor, er war nicht zufrieden, beschwerte sich, wieder war der Milchreis zu grobkörnig gekocht, nie gelang er so mürbe und sämig, wie er es von zu Hause gewohnt war. Er steigerte sich in eine Tirade haltloser Vorwürfe hinein, sie versuchte zu beschwichtigen. Sein Unmut wandte sich anderen Dingen zu, er holte zu einem Rundumschlag gegen ihre Haushaltsführung und ihre mangelnde Berücksichtigung seiner Vorlieben aus, er kritisierte ihre Erziehungsmethoden.

Er hatte einen langen Atem, sie hatte Angst. Er hatte sie schon einmal weggestoßen, als sie den Buben aus der Schusslinie nehmen und ins Bett bringen wollte, hatte ihr nicht erlaubt, ihn anzufassen und in ihren Armen einen Rest von Sicherheit zu geben, während er tobte. Sie versuchte, ihn zu beruhigen, obwohl sie das Gegenteil von Ruhe war. Ihre Stimme kippte in eine fremde Tonlage, sie bettelte und erniedrigte sich, sie verspreche ihm alles, gehorche ihm widerspruchslos.

Er ging zu seinem Sohn, hielt ihn mit seiner linken Hand fest, mit der rechten packte er die Frau am Arm und stieß sie weg.

In der Nacht schlich sie ins Kinderzimmer. Sie rollte sich im Kinderbett ein, in ihren Armen der Kleine. Sie erzählte ihm ein Märchen, sie sang für ihn und deckte ihn mit ihrer Wärme zu. Als es dämmerte, schlich sie sich ins Ehebett zurück.

Sie hatte dann viel Zeit mit ihrem Neffen verbracht, hatte das Gefühl gehabt, die Fehler ihres Bruders ausmerzen, diesen dunklen Fleck entfernen zu müssen.

Die einzige Unangemessenheit, die sie sich erlaubt hatte, waren die schlechten Schulnoten gewesen und das für ihre Verhältnisse katastrophale Benehmen den Eltern gegenüber. Beides hatte der Vater damals in wenigen Sätzen niedergebügelt und im Keim erstickt. Dass man den Mädchen gegenüber nur Erwartungen hatte, dass sie folgen mussten, diese Ungerechtigkeit hatte sie schwer getroffen.

Mehrfach war sie gefragt worden, warum sie sich für ein gottgeweihtes Leben entschieden habe. Sie hatte sich eine Antwort zurechtgelegt, mit der sie die Neugier befriedigen konnte, ohne zu viel von sich preiszugeben. Sie antwortete stets, sie habe Sehnsucht nach Gott gehabt. Es war ihr unerträglich, den Launen eines anderen Menschen ausgeliefert zu sein.

Sie schwiegen schon lange, Lotti blickte auf die Uhr, bald müsste sie aufbrechen. Das Schweigen tat gut, es ließ die Seele zu Wort kommen, aber es ermüdete auch, die innere Stimme erzählte schmerzvolle Geschichten. Sie hatte keine Lust mehr, Dorothea nach ihren Beweggründen zu fragen, sie würde wohl kaum die Wahrheit erfahren. Falls es denn eine Wahrheit gäbe.

Lotti sah sich im Besuchszimmer um, es war kleiner und dunkler als der Raum, in dem Schwester Dorothea ihr gegenüber saß. Die Sonne schien dort hinein, ihre Strahlen brachten den Heiligenschein der Muttergottesstatue zum Leuchten. Als wohne die Erleuchtung auf der anderen Seite.

Sie hörte, dass Dorothea etwas sagte wie, Gott könne man alles anvertrauen.

Lotti antwortete, es ist spät geworden.

Nachdem Lotti gegangen war und sie die Balken hinter der Gitteröffnung sorgsam verriegelt hatte, blieb Dorothea einen Augenblick sitzen. Die fremde, von draußen kommende Energie war noch spürbar. Es war immer komplizierter, als es den Anschein hatte, und gleichzeitig viel einfacher. Ein Paradoxon. Für sie war nur eine Beziehung infrage gekommen, die über jeden Zweifel erhaben war. Sie hatte sich darauf eingelassen, dass Gott sie ihre Armseligkeit fühlen ließ, und hatte sich überlegen gefühlt. Deutlich erinnerte sie sich an die verstörenden Träume, die sie anfänglich begleitet hatten. Man hatte sie entkleidet, schutzlos war sie dagelegen, während ihr Blick sich dem Himmel zuwandte. Er fand einen Schlitz, und schlüpfte hinein. Körperlos drang ihr Blick vor, er bohrte sich in Umrisse, schob Schatten beiseite und wurde wieder behindert. Schwaden hingen in dichten Reihen, Schemen, nur hier und da eine Ahnung von Kontur, sonst blieb es unscharf. Der Blick eilte retour, hin zum Mund, und befahl ihm zu sprechen. Er öffnete sich, rief laut und deutlich, doch ihre Fragen kamen als Echo zurück. Da wusste sie, dass sie Gott verraten hatte.

Es war nicht leicht gewesen, die Zweifel niederzuringen. Woher nahm sie das Recht, sich überlegen zu fühlen, welche Gaben besaß sie, die besser wären, als jene der Mutter. Oder fürchtete sie die Überlegenheit der anderen? Es war ein langer Weg gewesen.

Traumsequenz
Lotti

Ein Mensch kann den anderen tatsächlich nicht verstehen, höchstens kann er akzeptieren, dass er ihn nicht versteht [...].

Lotti verreiste mit ihrem Mann, sie machten sich auf die Suche nach dem kleinen Glück, weil sie das große nicht finden konnten. Sie bestiegen ein Schiff, das sie südostwärts brachte. Sie folgten der Bewegung, alles floss, war Veränderung, manchmal träge, dann wieder wild. Auch die Landschaft wandelte sich, lieblich und grün, ungezügelt und leer. Der Zauber der unbedeutenden Dinge sollte sich ihnen erschließen.

Sie sahen mit den Augen von Menschen, für die es das Schönste war, am halbschattigen Ufer zu liegen und zu dösen, das Fließen zu hören, ihm mit den Augen zu folgen. Sie beobachteten Kühe, die morgens zu einer schattigen Insel in der Mitte des Flusses schwammen, vor Sonnenuntergang kehrten sie zurück. Sie erkundeten die verlassenen Ufer, an denen verwilderte Hausschweine lebten.

Sie genossen den Geschmack der Märkte, deren Früchte schwer von der Nähe zum Wasser waren, Hühner und Enten wurden von dort taschenweise nach Hause getragen. Verkauft wurde alles, was man entbehren konnte, und wenn es nur zwei Büschel Petersilie waren.

Sie begleiteten die Fischer, die, wenn die Winde günstig waren, vor Sonnenaufgang volle Netze einholten und Fischsuppen zu kochen verstanden, die einfach und einzigartig zugleich waren.

Sie entdeckten schwimmende, ans Ufer geduckte Häuschen, sie tranken und schmeckten Tee, ein Glas, ein Genuss. Das Fehlen überhöhter Erwartungen offenbarte den Blick auf die bescheidenen Freuden. Und Vögel, immer wieder Vögel, Möwen und Reiher, Kraniche und Schwäne.

Sie sahen neues Land. Eine Insel, gebaut aus den Sedimenten, die der Strom auf seiner ewigen Reise mitführte, Neuland, in dem sich die Erde aller Gebiete vereinigte, die der Fluss auf seinem Weg durchquert hatte. Die Elemente trennten nicht, sie verbanden.

Sie waren jetzt am Delta, am Ende ihrer Reise. Für die letzte Nacht nahmen sie ein Zimmer, kahl war es, und lieblos, sie redeten sich ein, es sei einfach, aber sauber. Ein Schrank und ein Stuhl, keine Bilder, kein Vorhang, das Bett schmal, die Matratze durchgelegen, in der Mitte eine tiefe Kuhle. Sie lagen nebeneinander, Anton breitete seine Arme aus, er griff nach Lotti, und Lotti wurde kalt. Ihr wurde so kalt, als wälze sich die nackte Glätte der Wände auf sie, als läge sie am verfliesten Boden, der sich unnachgiebig und hart in ihre Schulterblätter drückte. Sie begann zu weinen, Anton sorgte sich, und, als sie nicht sprach, warf er Lotti ihr Schweigen vor. Also erzählte sie ihm, dass sie einsam sei, erzählte ihm von ihrer Einsamkeit in seiner Gegenwart, von dem Gefühl, nie alles sagen zu können, weil man sie nicht verstand. Davon, dass sie sich nichts mehr erwarte und nur auf sich selbst verließe. Der Graben zwischen der Sehnsucht nach Nähe und dem inneren Rückzug war unüberwindbar geworden.

Während sie sprach, sah sie sich da sitzen. Sie saß nicht in diesem kaputten Bett in dem leeren Raum, sie saß am Meer. Es schneite. Sie sah das dichte Stöbern, die Flocken legten sich auf die Wellen, ließen sich schaukeln und nahmen die salzige Nässe auf, bevor sie sich ununterscheidbar vermengten. Neue Flocken kamen hinzu, es war, als hätte es dem Himmel den Bauch aufgerissen, ein Sturzschnee. Schon war alles weiß und die Bewegung ins Stocken geraten. In die Stille hinein hörte sie einen Satz.

Du machst alles kaputt.

Lotti bekam Angst. Hatte sie das Meer zerstört? Sie sah wieder hin und erkannte einen See. Das Wogen zurückhaltend, zögernd fast, der Schnee war in schweren Regen übergegangen, die Tropfen zu einer undurchdringlichen Wand verbunden. Sie wunderte sich, dass die Oberfläche nicht einbrach, nicht verdrängt wurde vom

Gewicht der herunterstürzenden Massen. Verband sich Wasser mit Wasser oder waren da zwei Strömungen, eine ruhig in der Ebene fließende und eine vertikal einwirkende Kraft? Auch die Wiese war geflutet, *Land unter* weit hinein ins Land. Sie waren in die Erlen geklettert und schaukelten auf Seilen, unter sich ihr schwingendes Spiegelbild auf endlosem Nass.

Macht es für dich überhaupt einen Unterschied, ob ich da bin oder nicht?

Es machte keinen Unterschied. Nass oder trocken, Schnee oder Regen, Meer oder See, alleine oder zu zweit.

Vielleicht habe ich zu wenig erwartet. Ich war froh, dass da jemand war, dass du es warst. Mit dir war ich nicht allein.

Die Zeit war aufgehoben, eine zähe Masse, die sie mit dem Takt ihrer Atmung bearbeitete. Der nächste Tag, die nächste Woche waren bloß theoretische Möglichkeiten. Nur nach hinten, ins Vergangene, schien sie zu funktionieren. Es hatte genügt, mit Veza war es immer genug gewesen. Sie wollte sich nicht begnügen, sie wollte mehr, wollte angesprungen und niedergeworfen werden.

Sie blickte wieder zum See. Sie hatten sich von den Seilen fallen lassen und wateten durch das hüfttiefe Wasser, Veza schlug vor zu schwimmen. So kamen sie besser voran, bloß orientieren konnten sie sich nicht, nach allen Seiten hin war gleichmäßiges Tosen. Sie drehten sich im Kreis, bald wurden sie müde. Sie wollten rasten, doch ihre Füße tappten ins Leere. Sie schwammen, ihre Bewegungen wurden kleiner, griffen nicht mehr Raum. Und hörten auf.

Sag etwas.

Sie konnte nicht sprechen, sie war unter Wasser. Vielleicht konnte sie schreien.

Es war nie genug!

Sie wartete, wollte das Fließen in der Luftröhre spüren, wollte ihm bis in die feinsten Verästlungen der Lungenflügel hinterherfühlen, wollte das Rauschen in ihrem Körper hören, und alles, was sie hörte, war Antons leise Stimme.

Ich habe es immer gewusst. Wir waren nie im Gleichschritt, du gehst voran. Ich folge dir gerne, deinem starrsinnigen Hinterkopf, ich beobachte dich und freue mich, dass du da bist. Wenn du dich umdrehst und mich ansiehst, wird alles andere unscharf.

Sie vernahm ein anderes Rauschen, es war ihr Blut, das vom Herzen zu den Organen und zurück zu Herz und Lunge gejagt wurde, das in rasender Geschwindigkeit durch den Körper reiste, ein doppelter Kreislauf des Lebens. Sie beobachtete Brust und Bauch, die sich hoben und senkten, und ihre Finger, die sich spreizten, als gehorchten sie einer unwillkürlichen Muskulatur.

Es wurde Nacht, Anton saß in sich gesunken auf dem einzigen Stuhl. Lottis Augen hatten nachgelassen, sie tasteten seine schemenhafte Gestalt ab. Sie musste sich nicht in Details verbeißen, in den Falten, dem schütter gewordenen Haar, dem schlecht rasierten Kinn.

Er bemerkte, dass sie ihn beobachtete und ein schüchternes Lächeln schlich sich in seine Augen. Er hatte in ihrem Blick etwas aufgefangen, etwas Weiches, etwas Warmes. Vielleicht war es Dankbarkeit, vielleicht war es mehr.

Komm, Anton, es ist spät.

Sie dachte größer

Alma, die Tante

Sie fürchtete sich vor der körperlichen Gegenwart des anderen Menschen, als verstünde sie im Voraus, was dieses Haben für sie beide in ihrem Leben bedeuten würde.

Nachdem sie ihre Schule übergeben hatte, wurde Lottis Tante alt. Sie laborierte an einem hartnäckigen Leiden der Stirnhöhlen, ihr Kopf war dumpf, manchmal fühlte sie einen stechenden Schmerz auf Höhe der Augen, dann wieder hinter den Wangenknochen. Ausdruck und Stimme der Tante verloren an Bestimmtheit, wurden müde und trüb. Sie hatte stets Wert auf Disziplin und ein tadelloses Äußeres gelegt, in letzter Zeit schien ihr beides zu entgleiten. In einem dichten Netz aus Pflicht und Verantwortung hatte sie gelebt, hatte jeden einzelnen Faden fest um sich gezogen, um Halt zu finden. Um die uneingestandene Furcht vor ihrer Unzulänglichkeit und ihre Unsicherheit zu verbergen, hatte sie sich von einer Aufgabe zur nächsten gehangelt und unverbindliche Freundschaften gepflegt.

Sie gab sich Mühe, dem neuen Lebensabschnitt eine ähnlich stringente Ordnung zu geben, erlegte sich Spaziergänge zu fixen Zeiten auf, Reisen und Fortbildungen, und scheiterte. Weil sie vor sich nichts erkennen konnte, richtete sie ihre Aufmerksamkeit nach hinten. Frühe Ereignisse, die im geschäftigen Alltag keinen Platz gefunden hatten, tauchten auf, sie war wieder jung, sie war das Mädchen Alma, das mit seinem sturen Aufbegehren die Eltern in den Wahnsinn trieb. Die schreiende Mutter, der drohende Vater, zwischen ihnen das Kind, das zu Boden blickte und eine Träne des Selbstmitleids verdrückte.

Ihrer Sturheit verdankte sie es, dass sie den Glauben an die Liebe verloren hatte. Die Eltern hatten sie gewarnt, sie hatte ihnen nicht zugehört und war gegen die Wand gefahren. Er hatte sie bloßgestellt, jung und naiv war sie gewesen. Das *Nie wieder*, das danach ihr Begleiter wurde, das in ihrem Kopf hockte und sie ansprang, wenn sie bemerkte, dass ein Mann sie eingehender betrachtete, hatte sie niemals ganz zum Schweigen gebracht. Heute noch genierte sie sich, wenn sie an das Vorgefallene dachte. Sie waren beim See gewesen, es waren die großen Ferien vor dem letzten Schuljahr. Sie dachte, sie gefiele ihm, jedenfalls hatte er ein Auge auf sie geworfen und ihr Komplimente gemacht. Es waren plumpe Komplimente, sie habe schöne Beine, ein bezauberndes Lächeln, ihr Haar glänze golden in der Sonne, und sie war in seinen Plattitüden geschwelgt, bis ihr ganz blümerant wurde. Sie musste es auf die harte Tour lernen. Er hatte sie halbnackt in den Büschen am Seeufer sitzen gelassen und ihre Kleider versteckt, unter dem Gelächter der versammelten Dorfjugend schlich sie sich davon und hatte nur zwei Hände, um ihre Blöße zu bedecken.

Es hatte Wochen gedauert, bis sie ihr inneres Gleichgewicht wiedergefunden hatte und dem unverhohlenen Grinsen und den betulichen Mitleidsbezeugungen entgegentreten konnte, ohne innerlich zu zerfallen. In diesen Stunden und Tagen vollzog sich ein Wandel. Aus Demütigung wurde Wut, aus dem Gefühl, vorgeführt worden zu sein, Entschlossenheit. Sie würde sich nicht an ihm rächen, er war es nicht wert. Sie dachte größer. Sie wäre nicht eine jener Frauen, die ihre Daseinsberechtigung vom anderen Geschlecht erhielten, die in Haushalt und Bett den ehelichen Pflichten nachkamen und an den Folgen neun Monate lang schwer trugen. Irgendwie, irgendwann, überlegte sie, war etwas gekippt. Im Tierreich, so schien es ihr, waren die Weibchen dominanter. Die Männchen warben mit größtmöglichem Aufwand um ihre Gunst, die sie selbstbewusst und wählerisch zuteilwerden ließen, während Frauen ihre Körper in enge Mieder zwängten, um die Aufmerksamkeit des anderen Geschlechts zu erregen. Weibchen wählten, Frauen wurden ausgewählt. Sie war überzeugt, dass Beziehungen anders gedacht werden müssten, dass die überkommenen Strukturen keine Antworten bereithielten. Alles schien ihr möglich, alle Sicherheiten in Auflösung begriffen. Charaktere und Zusammenhänge, das Zusammenleben zwischen Ehemänner und ihre Frauen, zwischen Eltern und ihren Kindern, alles würde sich ändern. Es war nicht mehr möglich, die Welt in einfache Sätze zu fassen.

Alma war eine Kämpferin. Sie verhandelte nicht mit dem Vater, sie forderte. Sie verlangte ihre Mitgift und die Erlaubnis, in die Stadt zu ziehen, sie forderte Unabhängigkeit und selbständiges Denken. Sie hatte Glück, der strenge Vater war in Wahrheit ihr größter Bewunderer. Er nahm für seine Tochter bei einer verwitweten Dame ein Zimmer zur Untermiete, den Zins bezahlte er für zwölf Monate im Voraus. Sie vereinbarten, dass Alma in der Stadt bleiben dürfe, wenn es ihr gelänge, nach einem Jahr auf eigenen Füßen zu stehen.

Frau Czerny lebte sehr zurückgezogen. Aus Sparsamkeit oder Trägheit trug sie häufig einen Morgenmantel aus violettem Samt und farblich dazu abgestimmte Pantoffel. Die Ausstattung der Wohnung stand der Eigentümerin in puncto Stil nicht nach. Pölster und Überwürfe bedeckten abgewetzte Möbel, Vorhänge in Purpur und Nachtblau warfen im Staub des Parkettbodens Falten, die Wände zierten von Motten und vom Zahn der Zeit bearbeitete Wandteppiche. Bereits am späten Nachmittag zog Frau Czerny die Vorhänge zu, vor dem Zubettgehen pflegte sie jene im Wohnzimmer und im Esszimmer wieder zu öffnen. Dann könne sie sich beim Aufstehen vorstellen, ein Dienstmädchen habe sich bereits um die Belange des

Haushalts gekümmert, erklärte sie Alma ungefragt. Es roch nach Moder und unangenehm nach Essen, die alte Dame schien sich von Sauerkraut und Kartoffeln zu ernähren, an den Sonntagen briet sie dazu eine Wurst.

Alma wäre weniger Aufmerksamkeit lieber gewesen, doch Frau Czerny stürzte sich mit übertriebener Fürsorglichkeit auf sie. Sie stand in der offenen Zimmertür, kaum, dass sie angeklopft hatte, und erzählte Belangloses. Alma solle das Licht im Flur brennen lassen, vielleicht wolle sie einen Kaffee mit ihr trinken, habe sie, nach dem unerwarteten Kälteeinbruch gestern Nacht, auch so gefroren, sie möge am Abend bitte besonders leise sein, sie würde heute zeitig zu Bett gehen. Beim Sprechen schürzte sie die Lippen, sie schob den Mund nach vorne, und erinnerte Alma an einen Frosch oder an eine Handpuppe aus Stoff, ein quakender, mäkelnder Gänsekopf.

Alma musste sich oft zurücknehmen, um der Älteren den nötigen Respekt zu zollen, deren Unselbständigkeit tagtäglich vor Augen zu haben, war schwer zu ertragen. Sie lebte von der Pension ihres verstorbenen Gatten und hatte sich nach dem Auszug der Kinder scheinbar jeden Anspruch auf Freude und Genuss versagt. Dabei war so vieles passiert. Der Rausch der Veränderung, den Alma beim Verlassen der Wohnung wahrnahm, war überwältigend. Leuchtwerbungen und Plakate hielten die Versprechen der Zukunft bereit, Kaufhäuser imitierten den Geschmack der Reichen und verkauften Nachbildungen von Erfolg und Wohlstand, und wer Geld übrig hatte, ging ins Kino.

Alma griff mit beiden Händen nach den neuen Freiheiten, sie schrieb Leserbriefe und trat einem Frauenverein bei. Manchmal trafen sie sich in Wien, in der Wohnung einer der ihren liefen die Fäden zusammen. Sie rüttelten an der Ordnung des Lebens, sie träumten vom Matriarchat. Nie wieder wären Mädchen weniger wert, nie wieder wären sie schlechter gebildet, sie müssten nicht gehorchen und nicht auf eine eigene Meinung verzichten, sie könnten frei von Angst leben. Sie organisierten sich in Märschen. Wenn sich die Menge verband, fühlte Alma sich frei, sie begann nicht und endete nicht, sie musste nichts entscheiden. Sie tanzten und stampften, sie pfiffen und riefen. Das Gehen und Rufen durchdrang sie, Köpfe tauchten auf und wieder ab, es gab nur eine Richtung, jene nach vorn. Viel Arbeit lag vor ihnen. Männer gaben die Regeln vor, Frauen ließen sich von ihnen beurteilen, Männer erhielten einen Vertrauensvorschuss, Frauen rangen um Respekt, Männer sprachen Recht, Frauen kämpften für ihre Rechte.

Die Tante hatte zwei Leidenschaften, eine für Hüte und eine für Geschwindigkeit. Ihre Sammlung an Kopfbedeckungen war ein kleines bisschen Luxus, der andere, der große Luxus, das war ihr Auto. Seit sie von der Deutschen gehört hatte, die beinahe im Alleingang in zwei

Jahren mit dem Automobil die Welt umrundet hatte, war sie der Faszination dieser Fortbewegung verfallen. Für die Tante war das Auto mehr als ein nüchternes Transportmittel, sie verfiel einer mythischen Verklärung, es wurde für sie zum Sinnbild von Freiheit und Unabhängigkeit. Diese junge Frau, die in Hosen und Krawatte und mit einem Reiseproviant von hundertachtundzwanzig hartgekochten Eiern gestartet war, um gemeinsam mit ihren Begleitern über den Balkan nach Istanbul und Anatolien, weiter in den Libanon, nach Damaskus und Teheran, über den Kaukasus bis nach Moskau, über den zugefrorenen Baikalsee und die Mongolei bis nach China zu fahren, die mit dem Schiff über den pazifischen Ozean nach San Francisco weitergereist war, die südamerikanischen Anden und Kordilleren überwunden und Wüsten und Eis, quälende Hitze, Frost, Krankheiten und Zahnschmerzen, Hunger und Unfälle überstanden hatte und in Gegenden gekommen war, in denen man noch nie ein Auto gesehen hatte, diese Pionierin wurde ihr Idol.

Sie war eine der wenigen Frauen, die einen Führerschein besaßen. Mit ihrem taubengrauen Simca Cabriolet war sie täglich zur Arbeit gefahren. Sobald die Temperaturen über fünfzehn Grad gestiegen waren, war sie mit offenem Verdeck gefahren, elegant behütet. An warmen, trockenen Wochenenden hatte sie sich einen Ausflug in ihrem Automobil gegönnt. Nach einem kargen Frühstück war sie in ihre ockerfarbenen Kalbslederhandschuhe geschlüpft und zur Garage marschiert. Sie hatte den Motor angelassen, hatte bewusst das tiefe Brummen genossen, das ihr jedes Mal ein Versprechen gab, und hatte die Stadt in Richtung Norden verlassen, den Hügeln des Umlands zu. Dort war sie umgedreht. Sie war vielleicht nicht die Begnadetste hinter dem Steuer, sie scheute das Schmale und Kurvige. Das war unbedeutend, denn ihr Simca war ihre Versicherung, er war ihr Fluchthelfer. Sollte es hart auf hart gehen, könnte sie jederzeit in ihr Auto steigen und unabhängig von Fahrplänen und Abfahrtszeiten, von festen Zielen und Etappen aufbrechen. Losfahren und alles hinter sich lassen.

Die Tante war stolz auf sich gewesen, sie hatte nie aufgegeben und hatte viel erreicht. In letzter Zeit jedoch empfand sie ein leises Bedauern darüber, wie selbstverständlich den Frauen von heute die Errungenschaften von damals geworden waren. Sie wirkten träge und gesättigt, und mit dem schwächelnden Geist schlich sich altes Gedankengut ein. Sie dachten, sich nichts beweisen zu müssen und nahmen Abstriche in Kauf, die ihr unbegreiflich waren. Doch sie war zu müde zum Kämpfen, ihre Kraft war versiegt. Sie raffte sich nur noch auf, wenn sie im Kopf die Stimme ihrer Mutter vernahm, die vor dem Schlendrian warnte, meist ließ sie sich treiben. Sie kam mit den Wochentagen durcheinander und mit ihrer Routine im Haushalt. Sie ließ das Frühstück aus, weil sie vergessen hatte, Sterz für den Morgen zu kochen, anderes verkam, weil sie sich nicht daran erinnerte, es gekauft zu haben. Als sie ihren Geruchssinn verlor, der sich nicht über Nacht, aber Schritt für Schritt verabschiedete und nur den Hauch einer Erinnerung an bekannte und geliebte Düfte zurückließ, verwandelte sich die einst akkurate Wohnung in eine Brutstätte übler Gerüche. Verdorbene Lebensmittel, unzureichend gereinigte Flächen und die Ausdünstungen eines nachlässig gepflegten Körpers verbanden sich in den schlecht gelüfteten Räumen zu einer fast sichtbaren Abgestandenheit. Mit dem Riechen schwand das Schmecken und die Freude am Essen, die Tante hatte das Gefühl, hinter einer unsichtbaren Wand zu sitzen. Sie konnte den Frühling und den Sommertag nicht riechen, sie konnte den Sonntag und die kleinen Freuden des Lebens nicht schmecken.

Lotti kümmerte sich um die Tante. Sie kam regelmäßig mit frischem Obst, sie putzte und lüftete, durchkämmte Kühlschrank und Vorratskammer. Die Geschwindigkeit des Verfalls verunsicherte und betrübte sie gleichermaßen. Nachdem sich die Tante an einem verdorbenen Stück Fleisch einen Keim eingefangen hatte, wurde sie spitz und eckig. Schlüsselbein, Hüftknochen und Knie rieben schutzlos an der Unterseite der vertrockneten Haut, wie ein Lappen hing sie auf ihr, die Brüste drapierten sich formlos über die Falten des Bauches, den Armen und Beinen entlang bewegte sich die Haut abwärts, dem Boden entgegen. Sie ernährte sich von Gemüsesud, den sie lustlos trank, feste Nahrung verweigerte sie, das von der Nichte fein geschnittene Gemüse blieb am Boden der Tasse zurück. Die Tage reduzierten sich auf das Verstreichen der Minuten und Stunden, die sie am liebsten vor sich hergetrieben und beschleunigt hätte, um endlich am Ende anzukommen.

Sie starb eine knappe Woche nach Ostern. Lotti hatte versucht, die Tante mit gefärbten Eiern und Osterbrot aus ihrer Lethargie zu locken und sie noch einmal zu verführen. Sie hatte ihr vom Duft des Essens erzählt und vom Frühling, der direkt vor den Fenstern im Vorgarten lockte, wo die Magnolie in voller Blüte stand. Die Tante hatte folgsam hinausgesehen, hingeschaut hatte sie nicht, sie hörte der Nichte nicht mehr zu.

Dem Ableben von Lottis Tante wurde genau so viel oder so wenig Aufmerksamkeit zuteil, wie jenem von Adelheid Czerny, an deren Grab die Tante einen Kranz niedergelegt hatte. Keine Pauken, keine Fanfaren, nur ein schlichtes Grab, an dem die Familie ihr die letzte Ehre erwies.

Das Springen wird denkbar
Luna

Er sah aus, als wäre er physisch das geworden, was sie beide stets im Hinterkopf hatten – jene Einsamkeit, die für sie beide die Wahrheit der Dinge war.

Luna liebte das große Gefühl und die Harmonie. Sie spürte so viel, sie fühlte mit allen und allem. Wenn sie einen Raum betrat, nahm sie die Stimmung wahr, sie wusste, ob gestritten oder gelacht worden war, sie bemerkte, ob die Luft abgestanden war oder frisch. Sie dachte über Vergangenes und Zukünftiges nach, wusste, wie die Dinge sein sollten, damit sie ihre Richtigkeit hätten, und wie etwas enden würde. Sie meinte, in andere Menschen hineinsehen, durch deren Augen die Welt dahinter betreten zu können. Wäre es möglich gewesen, hätte Luna das Leid der Welt geschultert, hätte es sich umgeschnallt und wäre zu einem besseren Ort aufgebrochen, ins Paradies, falls es das gäbe, zu einem Ort, an dem Menschen Mensch sein durften. Dabei konnte sie sich selbst kaum schützen. Sie hatte die Einsamkeit kennengelernt, den Hass und die Sehnsucht. Und die nagende Eifersucht ihrem Bruder gegenüber, der mit seinem Lachen und Weinen auf der Klaviatur der mütterlichen Gefühle nach Belieben spielte.

Oft hatte Luna versucht, ihn zu ärgern, ihm eins auszuwischen. Sie hatte seinen Ball in die hintere Zimmerecke gerollt, als er noch nicht krabbeln konnte, hatte ihm kratzende Zweige unter den warmen Babykörper geschoben, als er im Garten unter dem Nussbaum schlief, und Salz in seinen Brei geschüttet. Ihre Genugtuung war kurz und Anatols Leid behoben, kaum, dass es begonnen hatte, so sorgsam wachte Lotti über ihre kleine Sonne. Es verwirrte Luna, dass Anatol zu ihr, zur großen Schwester, mit ungebrochener Bewunderung aufblickte, sie geradezu anhimmelte. In allem eiferte er ihr nach. Schlug sie Räder, kugelte er in seltsamen Verrenkungen über den Boden, machte sie Hausaufgaben, kritzelte er verdrehte Buchstaben und Zahlen aufs Papier, spielte sie mit ihrer Puppe, holte er sein Stofftier und plapperte ihr nach. Luna war hin- und hergerissen zwischen ihrer Ablehnung und der Dankbarkeit für die Zuneigung, die Anatol ihr entgegenbrachte.

Sie wusste um das emotionale Dreieck, in dem sie sich bewegten. Ihre Mutter machte vieles gut. Sie brachte Ordnung in ihre Tage, sie erwartete sie, wenn sie nach Hause kam, und wenn sie krank war, pflegte sie sie gesund. Sie war für sie da und sie war es nicht, denn ihr Handeln wirkte mechanisch. Als ginge es sie nicht wirklich etwas an, als habe man ihr eine Aufgabe übertragen, der sie vielleicht nicht mit Widerwillen, aber leidenschaftslos nachkam. Sie tat, was getan werden musste, nie war es mehr, es war gerade genug. Nie hätte sie sich für ihre Familie verausgabt, sich weit hinausgelehnt oder den Kopf hingehalten. Aus Streitereien und innerfamiliären Konflikten hielt sie sich heraus, und wenn sie Partei bezog, dann war es meist Anatols.

Luna fühlte sich im Kreis ihrer Familie wie in einem Wald. Dicht standen die Bäume, sie schluckten das Licht und dämpften die Wahrnehmung, sie absorbierten das Bedeutende und verleibten es sich ein. Nur verschwommen zeigte sich das Echte, im Dunkel zischte und flüsterte es, Schatten huschten vorüber, wollte sie danach greifen, hatten sie sich wieder zerstreut.

Als sie die Musik entdeckte, Tschaikowsky zunächst und bald darauf Sibelius und Elgar, spürte sie zum ersten Mal einen Riss in der Nacht, ein Hereinströmen von Helligkeit. Die Musik griff nach ihrem Innersten, war Auflösung und Vollendung. Die Akkorde marschierten voran, ins Prestissimo, die Fahnen der Viertel und Achtel trugen sie Standarten gleich vor sich her, sie öffneten ihr die Seele, verschluckten sie und machten sie verrückt. Mit geschlossenen Augen ließ sie sich fallen und wurde Klang. Sie fühlte den Klang in ihrer Mitte, wurde Resonanzkörper, sie gebar Töne und mit den Tönen Emotionen. Lunas Gliedmaßen zuckten, sie dirigierte ihre

Geschichte, ihr Kopf flog in den Nacken und zurück auf die Brust, unter den zitternden Lidern bildeten sich Farbpunkte, rot und blau, gelb und orange. Sie prallten aufeinander, vereinigten sich und strebten auseinander, zum Schlusspunkt hin, der Notenstrom floss ruhiger, der Rhythmus verebbte und mündete in ein weißes, seidiges Wehen. Und im Strömen kam Luna der Gedanke, dass sie so allein sei auf dieser Welt und so unbedeutend, dass sie die Gestrauchelte sei.

Sie nahm die Grenze wahr, spürte sie im Kopf und im Bauch. Sie war fast erwachsen und verstand jetzt besser, sie wusste, dass sie auf der Hut sein musste. Jenseits der Grenze lockte die Freiheit der Auflösung. Sie könnte die Verrückte spielen, könnte das echte Erleben solange mit der Spielerei verflechten, bis sie sich ununterscheidbar vermengten. Sie könnte toben wie ein Kind, sich auf den Boden werfen und anderen um die Knie, sie könnte nackt vom Sessel fallen und anderen ins Wort, könnte die unausgesprochene Wahrheit schreiend artikulieren und wann immer es ihr passte, die Beherrschung verlieren. Das war befreiend und erschreckend zugleich, das war ein Lustwandeln auf hauchdünnem Grat. Das Spiel endete dort, wo der Wahn tatsächlich begann, dort, wo sie verloren wäre. So wie ihr Onkel Heinz. Lange hatte sie von seiner Existenz nichts gewusst, hatte man die unrühmliche Geschichte seiner Entgleisung totgeschwiegen, die Geschichte des einfachen Soldaten, der in den

Krieg gezogen war, der strahlen oder sterben musste, für den nichts anderes vorgesehen war. Es war nicht vorgesehen, dass dieser Held kaputt zurückkam.

Man hatte ihm die ganze Welt versprochen, hatte Kinder Krieg spielen gelehrt und ihnen echte Waffen in die Hände gedrückt. Vom Verlust und vom Leid war nie die Rede gewesen. Er war euphorisch gewesen, als er der Hitlerjugend beigetreten war, er hatte die Wanderungen in den Bergen genossen, die Fahrradausflüge und Ernteeinsätze. Optimistisch waren sie gewesen, eine verschworene Truppe, die sich alles zugetraut hatte. Der Frühlingstag, als man sie in Lastwägen in die Hauptstadt gebracht hatte, um den Führer zu begrüßen, hatte sich ihnen ebenso unauslöschlich eingeprägt wie der Nürnberger Reichsparteitag, wo man ihnen alles geboten hatte und mehr. Nach Kriegsausbruch hatte sich Heinz zur Marine gemeldet. Er war dem Nordseepersonal zugeteilt und nach seiner Infanterie Ausbildung feierlich vereidigt worden. Die erste Zeit im Begleitdienst der Handelsschiffe war so unspektakulär gewesen, dass er sich freiwillig für ein Sonderkommando gemeldet hatte, für die Einzelkämpferausbildung in den Kleinst-U-Booten der Marine. Dort mussten sie lernen, zweiundsiebzig Stunden ohne Schlaf auszukommen und jedes Gefühl für Tag und Nacht auszuschalten. Jeder Zweite kam von seinem Einsatz im Ein-Mann-Torpedo nie mehr zurück, Heinz hingegen hatte Glück. Im Sommer dreiundvierzig wurde er zur Minensuchflottille abkommandiert, Monat für Monat wurden ihre Ausfahrten riskanter. Als die Fliegerabwehr der Flotte eines Nachmittags bei schwerem Sturm versagte, und man mit abgestellten Motoren über sie hinwegzog, dauerte es kaum fünfzehn Minuten, bis alles vorbei war. Viele blieben für immer im eiskalten, nördlichen Meer. Als man Heinz aus dem Wasser fischte, baumelten seine Beine am Rumpf wie die Gliedmaßen einer Stoffpuppe.

Luna wusste nicht, ob Heinz am Verlust seiner Unversehrtheit zerbrochen war oder am Verrat. Wahrscheinlich an beidem. Seine Familie hatte ihn aufgegeben, als er noch an sich glauben wollte. Einmal hatte sie ihn bei den Großeltern gesehen, sie hatten es verabsäumt, ihn rechtzeitig wegzuräumen. Ein unförmiger Berg Decken war über die Chaiselongue geworfen worden, nie zuvor hatte sie so abgestandene Luft gerochen. Es war die Ausdünstung absoluter Gleichgültigkeit gegenüber Wohlbefinden und Wohlverhalten, die das elegant eingerichtete Wohnzimmer in einen nicht zuordenbaren Raum verwandelte. Höchstens einen Augenblick stand Luna dort, bevor man sie weiterschob, sie sah ihn an und verstand, dass er allein war, dass er gestrauchelt war. Er hatte die Grenze längst überschritten, er war über die Grenze gestoßen worden, und hatte dahinter das Nichts vorgefunden, nicht den Anfang von etwas Neuem.

Luna verglich sich mit ihm, sie blickte von dem schmalen Grat, über den sie Tag für Tag balancierte, hinunter in die Tiefe auf seiner anderen Seite. Vielleicht war sie doch nicht gestrauchelt, vielleicht war sie nur falsch geboren. Vielleicht musste sie sich ein Gegenüber suchen, an dessen Seite das Leben sich besser anfühlte.

Sie brach wieder auf, nun einige Jahre älter, und marschierte einem vermeintlichen Glück in die Arme, geblendet von Versprechungen, von duftenden Rosen und Briefen. Es war die ewige Geschichte, eine Geschichte von Leichtsinn und Macht, von Leidenschaft und Reue. Macht und Reue waren nie gleichmäßig verteilt, das Nehmen war da und das Geben dort. Und die Frauen gaben zu viel. Sie gaben die Leichtigkeit und ihre schlanken Körper, sie bekamen die Last der lebenslangen Verantwortung. Mutterschaft war unausweichlich, ein Vater zu sein, optional. Es war eine alltägliche Geschichte, in der alle gefordert waren, über ihre Schatten zu springen. Die Schatten aber waren so groß.

Luna hatte es sich erlaubt, leichtsinnig zu sein. Sie hatte sich mit einem älteren Mann eingelassen, war verführt worden und hatte verführt. Er war verheiratet und kehrte zufrieden in seinen Alltag zurück, sie landete kopfüber in der Angst. Alles Leichte wurde schwer, alles Klare trüb und alle Pläne sinnlos. Der Rest war banal.

Du hast gesagt, du bist vorsichtig.
Ich lasse dich nicht allein.
Wo soll ich hin?
Ich kann dir nicht helfen.

Sie dürfen es nicht wissen.
Tu das Richtige.
Es ist mein Kind!

Luna zog um, in die Hauptstadt, man erzählte, sie absolviere eine Ausbildung zur Sekretärin. Man erzählte, sie sei fleißig und erfolgreich, man beteuerte, es ginge ihr gut. Als Luna zurückkehrte, sah sie nicht gut aus. Sie war immer aufrecht gegangen, sie hatte immer an den nächsten Schritt geglaubt. Nun glaubte sie an ihre Tochter. Die Erinnerung an ihren Duft und an den Abdruck ihrer Wärme auf der Haut war alles, was ihr geblieben war. Damit sollte sie sich begnügen, damit man sie nicht verachtete, damit man ihre Familie nicht missachtete. Sie konnte es nicht.

Sie ging zurück in die Stadt, fand Arbeit in einem Büro und ein Loch, das sie Wohnung nannte. Sie besuchte Alma bei der Pflegefamilie, so oft es ihr möglich war. Wenn das Mädchen müde wurde, flüchtete es in die Arme der Pflegemutter und brachte Luna um all den Trost, um all das Gute, das sie ihr geben wollte.

Wieder standen die Bäume zu dicht, sie fand nicht heraus. Ein geheimer Antrieb aber gab ihr Kraft, kaum ein Gedanke, ein körperliches Empfinden. Sie trug ein Wissen in sich, das sich auf jede Zelle gelegt hatte, eine lebenslange Prägung, die sich nicht abziehen ließ. Sie wusste, ich bin die Mutter, und das ist mein Kind.

Luna hatte gelernt, ihr Dasein nüchtern und ohne Mitleid zu betrachten, sie hatte verstanden, dass es zwei Möglichkeiten gab, das Aufgeben und das Kämpfen. Das Aufgeben war für sie keine Option, nach dem Aufgeben kam nichts mehr.

Zeit verging, und Schatten schrumpften, sie wurden überwindbar und das Springen denkbar. Langsam und unaufhaltsam vollzog sich der Wandel, eingefahrene Muster lösten sich, Neues wurde möglich. Alma lebte jetzt bei ihrer Mutter. Der Start war holprig gewesen, das Zusammenwachsen eine Herausforderung. Luna war geduldig geblieben, sie hatte die Ablehnung und das *Ich will wieder nach Hause* ertragen, und das Sperrige wurde von Vertrauen und dem Gefühl, sich aufeinander verlassen zu können, abgelöst. Luna wusste, wie sie Alma ermutigte und wann sie das Tosen der Welt abschirmen musste. Feinfühlig dosierte sie den Freiraum und bremste das allzu übermütige Voranpreschen. Sie gab Alma, was sie brauchte, und sah ihr beim Nehmen mit Freude zu. Es war nicht Pflicht, es war Liebe, es war nicht selbstlos, es war selbstverständlich.

Sie wusste, es waren nur wenige Jahre. Noch konnte sie den kleinen Körper vom Boden heben, seine Armen schlangen sich um ihren Hals, die Beine um die Hüften, wie zwei Teile eines Ganzen passten sie zusammen, die Mulde unter dem Kinn für die Rundung des Kopfes, die

Nase presste sich in die Vertiefung des Schlüsselbeins, die Finger in den Zwischenräumen der Rippen. Manchmal kam das Gleichgewicht gleichsam über Nacht abhanden, so schnell verschoben sich die Proportionen, vorsichtig tasteten sie sich dann heran und verlagerten das Gewicht in die richtige Richtung. Bald wären Arme und Beine endgültig zu lang und der Rumpf zu schwer, die Haut nicht so weich, der Duft nicht so süß.

Luna ging voran und holte Alma die Sterne vom Himmel. Einen steckte sie ihr ins Haar, den anderen heftete sie sich an die Brust, zwischen die Sterne wob sie ein unsichtbares Band. Im Schutz der Sterne sollte sie tanzen, mutig sollte sie sein und stolz, Grenzen verschieben und ihre Träume wecken. Sie hatte gelernt, Bruchlandungen zu vermeiden und sanft aufzusetzen, hatte verstanden, dass sie dem Boden in der Luft entgegen laufen musste, um ihre kostbare Fracht nicht zu gefährden.

Alma war tatsächlich kostbar, sie war eine Bereicherung. Sie eroberte die Familie im Sturm, sie war lebendig und lebensfroh. Und Lotti wurde so selbstverständlich die Großmutter ihrer Enkeltochter, als wäre es immer so gewesen.

Luna liebte die Liebe. Sie liebte die beschützende Liebe einer Mutter, sie liebte die begehrende Liebe zwischen Mann und Frau. Nie war eine zufällige Berührung so absichtsvoll wie in den ersten Augenblicken, nie löste etwas Zartes, Beifälliges so gigantische Bewegungen aus. Sie vermisste dieses Beginnen, diesen Moment des sich Öffnens aufeinander hin, und in ihrem Kopf entstanden Szenen, die sich von anderen Bildern zwischenzeitig kaum verdecken ließen. Zwei oder drei Mal noch hatte sich Luna auf die Liebe eingelassen, hätte sie sich auf alles eingelassen, auf den Aufruhr des Körpers, das Abheben und Schweben, auf das Platzen der Illusion und das Fallen.

    Sie redete es sich eher ein, als dass es echt war, sie wollte es so sehr und spürte, es war falsch. Es war ein Abbild ihrer Wünsche.

Ein unscheinbares Ende
Alma

Sie taten, als starrten sie einfach vor sich hin, oder sie schauten in die reglose Nacht hinaus, wo der Fluss nur noch mit seinen Geräuschen Zeichen gab. Das Verletztsein des einen verletzte den anderen schonungslos, und so war das Schweigen nicht leer.

Alma erzählte gerne davon, wie sie sich kennengelernt hatten. Ihre Zuhörer lächelten dann über die kitschige Geschichte, die sie für zu dick aufgetragen hielten. Dabei war es tatsächlich so gewesen. Eine Verkettung widriger Umstände hatte dazu geführt, dass sie an diesem Tag später als üblich und ausnahmsweise mit dem Fahrrad unterwegs war, so war sie zufällig an dieser Kirche vorbeigekommen. Sie hatte Musik gehört, gewaltige Akkorde drangen aus dem geöffneten Tor, sie schwollen an, steigerten sich und lösten sich auf, wurden sanft, fast hingehaucht, nahmen Fahrt auf und preschten wieder los, hin zum nächsten Ausbruch. In den Tönen lag eine bezwingende Kraft, die Alma hineinzog. Sie wandelte durch das menschenleere Kirchenschiff und lugte zur Orgel hinauf. Immer war etwas im Weg und versperrte den Blick. Sie wollte die Hände sehen, die diese Noten zum Leben erweckten, wollte das Gesicht sehen, das konzentriert über die Finger wachte und sie fast zeitgleich über die verschiedenen Tastaturen toben ließ, sie wollte das Wunder dieser Musik mit Augen und Ohren erfassen. Kurz zögerte sie, bevor sie den Aufgang zur Empore suchte.

Er bemerkte sie nicht oder wollte sie nicht bemerken, und sie erkannte nichts, obwohl sie so genau hinsah. Erkannte nicht die fanatische Hingabe, erkannte nicht die Ausschließlichkeit der Beziehung zwischen dem Mann und seinem Instrument. Es glich einem Rausch, und plötzlich, gänzlich unerwartet und ohne großen Schlussakkord, beinahe unscheinbar, endete das Werk. Er stand auf, nickte ihr zu und war auf der Treppe, während Alma ihm hinterherstolperte, etwas sagen wollte, etwas fragen, ein Gespräch beginnen, mit Sätzen an die Noten anknüpfen, doch ihr fielen nicht einmal Worte ein.

Vor der Kirche parkte ein alter, liebevoll gepflegter Wagen. Als er die Fahrertüre öffnete, konnte Alma endlich einen Satz denken, und sie dachte ihn laut.

Kannst du mich ein Stück mitnehmen?

Er zog die Brauen in die Höhe. War er unwirsch oder bloß überrascht?

Von mir aus.

Als sich Alma in den Sitz fallen ließ, fiel sie in eine andere Welt. Die Polsterung war überraschend weich, es roch nach gerösteten Mandeln, und nachdem der Fremde den Motor angelassen hatte, umhüllten sie erneut Orgelklänge, harmonische diesmal, in sich ruhende, die sie einlullten und in die sie gleiten konnte, ohne einem weiteren Gedanken zu folgen. Häuser und Menschen zogen vorüber wie im Film, wie von selbst bat ihr Mund um eine Rundfahrt. Er nickte, als hätte er ihre Frage erwartet. Sie verließen die bekannten Gegenden, zogen weite Kreise, durchquerten Randbezirke und Villenviertel, deren abweisende Gesichter und versteckte Schönheiten an ihren Scheiben vorbeiglitten, fuhren in alle Himmelsrichtungen davon und in die Mitte zurück. Als er vor ihrer Haustür hielt, riss der Film nicht. Sie entstieg seinem Wagen und schwebte nach oben.

Einige Tage später holte er sie ab, sie hatten sich zum Essen verabredet. Er hatte große Pläne. Er studierte Konzertfach Orgel, war mehrfach bei Festspielen aufgetreten und hatte einen der renommiertesten Musikwettbewerbe für Nachwuchstalente gewonnen. Wenn er von seiner Musik sprach, war seine Stimme kräftig, sein Blick war klar, die Augen leuchteten. Wenn er nicht sprach oder nicht von der Musik sprach, verwischten sich seine Züge, sie wurden schwerfällig und träge. Das fast makellose Gesicht, in dem Mund und Nase, Kinn, Augen und Brauen so perfekt angeordnet waren, als hätte sie ein Künstler nach den Grundsätzen des goldenen Schnitts gemalt, verlor seinen Glanz, es wurde beliebig. Seine Aussprache wurde schlampig, sein Bemühen beiläufig. Alma schrieb es der Müdigkeit zu, er hatte viel um die Ohren.

Alma hatte wenig um die Ohren, sie hatte nicht für die Zeit nach dem Studium geplant, sie hatte nie geplant. Es genügte ihr, wenn die nächsten Schritte überschaubar und geordnet vor ihr lagen und sie die in sie gesetzten Erwartungen erfüllen konnte. Bis zum Ende der Volksschulzeit hatte die Mutter unwidersprochen vorgeben dürfen, wie sie sich kleiden und frisieren sollte, danach hatte sie sich den anderen angeglichen und war auswechselbar in der Menge verschwunden. Alma wollte nicht auffallen, sie haderte mit ihrem Aussehen, hielt sich für stümperhaft zusammengestellt. Die Vorzüge zweier Menschen, die sich bisweilen zu einem wunderbaren, neuen Ganzen fügten, hatte das Schicksal in ihrem Fall unausgewogen vereint. Was bei Luna maßvoll und harmonisch war, wirkte in ihrem Gesicht unausgegoren und falsch. Die gelungen geformten Augen standen zu weit auseinander, der schöne Schwung der Nase war zu hoch angesetzt, die Lippen zu voll für ihren breiten Mund.

Der strenge zeitliche Rahmen der Schultage war ihr entgegengekommen, in den undefinierten Räumen der Wochenenden und Ferien verlor sie den Halt. Sie füllte die Leerstellen mit Spaziergängen und entwickelte eine unerwartete Neugier, sie entdeckte das Leben der anderen. Sie spähte über Gartenzäune und Mauern, sah liebevoll Gepflegtes und Vernachlässigtes, Geschmackvolles und Kitschiges. Gartenzwergkolonien, ein Meer von Frühlingsknotenblumen, hingeworfene Kinderfahrräder, Feuerstellen, Pergolen und alte Baumbestände. Sie sah Schönheit und Gleichgültigkeit. Manchen Häusern haftete etwas Liebevolles, etwas Heimeliges an. Es waren Kleinigkeiten, ein Türschmuck oder ein Blumentopf, die Gartenbeleuchtung, ein Korb Äpfel am Treppenabsatz oder Gewürze auf dem Fensterbrett. Wenn es dunkel wurde, gingen die Lichter an und Almas Augen drangen weiter vor. Sie hefteten sich an die beleuchteten Vierecke in den Hauswänden und erkannten dahinter Konturen, erkannten Küchen und Wohnräume, Lampen, Bilder und Bücherregale. Dazwischen Männer und Frauen, Mütter und Kinder, Paare und Alleinstehende. Sie fragte sich, welcher Arbeit sie nachgingen und wie sie ihre Abende verbrachten. Blieben sie zu Hause oder gingen sie aus? Machten sie sich schön für die Oper oder waren sie einsam? Welche Bücher lasen sie, was trieb sie um? Hatten sie Streit oder lebten sie in Harmonie? Die Vielzahl an Möglichkeiten faszinierte Alma, sie berührte und beruhigte sie. Vom gegenüberliegenden Gehsteig blickte sie hinein und entwarf Beziehungen. Die glückliche Familie mit den Zwillingen da, wo Dreiräder und Sandspielzeug quer über den Garten verteilt lagen und meist ein gebrauchte Kaffeetasse vor dem Fenster neben der Haustür stand. Dort der einsame Witwer, der sich vergeblich bemühte, die Wohnung weiterhin so ordentlich aussehen zu lassen, wie zu Lebzeiten seiner Frau, der am Abend Dosenravioli aufwärmte und vergaß, danach die Küche zu lüften. Und das junge Paar, das erst vor wenigen Monaten zusammengezogen war, für das jedes Heimkommen eine Reise in wartende Arme war.

Nach der Matura war Alma in ein Loch gefallen. Die Tage hatten keine Struktur, ein gleichgültiger Anfang und ein ebenso gleichgültiges Ende, dazwischen diffuses Vergehen. Ein paar Wochen hindurch war sie so viel gegangen, dass sie nur noch müde war. Davor war es hektisch gewesen. Ständig war sie gefragt worden, was sie machen würde. Die gutgemeinten Ratschläge der Familie waren wenig hilfreich gewesen, die Freundinnen hatten sich mit verrückten Ideen übertrumpft, hatten Japanologie, Judaistik oder Archäologie vorgeschlagen. Almas Rettung war ein Architekturstudent gewesen, der sein Studium an ihrer Schule vorgestellt hatte. Gutaussehend und eloquent hatte er den Schülern Konzepte für die Schaffung von leistbarem und lebenswertem Wohnraum dargelegt, und im Herbst hatte Alma Architektur inskribiert. Die ersten Vorlesungen waren ansprechend gewesen, selbst Darstellende Geometrie, das gefürchtete Fach des ersten Studienabschnitts, schien nicht so fordernd zu sein wie erwartet. Als sie im Rahmen einer Übung den Auftrag erhalten hatten, den Grundriss ihres Zimmers maßstabsgetreu anzufertigen und Alma mit Maßband, Stift und Papier über den Boden gerobbt war, gerechnet, sich verrechnet, skizziert und ausradiert hatte, ohne eine Vorstellung davon zu haben, wie man Fenster und Türen richtig einzeichnete, hatte sie begonnen, ihre Entscheidung zu hinterfragen. Kurz war sie ratlos gewesen und hatte nicht weiter gewusst. Nach zwei schlaflosen Nächten und mehreren vergeblichen Anläufen, die Skizze fertigzustellen, war ihr Entschluss festgestanden. Sie würde die Studienrichtung wechseln und Kunstgeschichte inskribieren. Sie hätte nicht erklären können, warum.

Mit einem Magister artium in der Tasche musste sie sich nun wieder entscheiden, musste Bewerbungen schreiben und das erworbene Wissen mit Anforderungen in Einklang bringen, von denen sie nicht einmal gewusst hatte, dass es diese gab. Die feinen, vorgeplanten Jahre waren endgültig vorbei. Es tat gut, Kai von den Aufgaben eines Organisten sprechen zu hören, sein berufliches Selbstverständnis strahlte auf sie ab und ließ sie darauf vertrauen, dass sie eine ähnliche Sicherheit gewinnen könne. Sie hing an seinen Lippen, als hinge ihre Zukunft davon ab, er hütete den geheimen Schatz, das Wissen um ihr weiteres Leben. Vielleicht wäre er sogar ein Teil davon, vielleicht gäbe es einen gemeinsamen Weg, er war erfahren und könnte sie an der Hand nehmen und sie ihm die Führung überlassen. Im Moment aber hatte sie bloß ein Ziel vor Augen, sie wünschte sich nichts sehnlicher, als in seinem Wagen Kreise zu ziehen, einer unsichtbaren Spur folgend, ohne Spuren zu hinterlassen, das Denken aufgehoben, aufgeschoben.

Kai beanspruchte viel Freiraum für sich und seine Musik, in Wahrheit interessierte ihn kaum etwas anderes. Er hatte eine feste Beziehung, jene zur Orgel. Er dachte, Alma hätte das verstanden, er hatte sie jedenfalls nicht zu ausschweifenden Ansprüchen ermutigt. Möglich, dass er nicht genau hingesehen hatte, denn seit Kurzem fühlte er ein unausgesprochenes Drängen. Sie bedrängte ihn ohne Worte, dafür aber umso heftiger mit ihren Augen, die sich an seinen Mund hefteten, als erwarteten sie dort eine Antwort, eine Offenbarung oder gar ein Wunder, doch da warteten sie vergeblich. Er war weder für Wunder zuständig, noch für die große Liebe. Er musste mit ihr reden. Wenn er in Almas kindlich rundes Gesicht blickte, ahnte er, dass es schwer werden würde. Er verstand nicht, was diese junge Frau in ihm sah, er hatte sich nicht verstellt, hatte sich nicht in ein vorteilhaftes Licht gerückt oder falsches Interesse geheuchelt. Sie hingegen hing an ihm, als hätte er ihr ein Versprechen gegeben. Er sah das Drama voraus, die Tränen, das Flehen, das *Ich nehme mich zurück, ich verlange nichts, ich schränke dich nicht ein*. Er musste sich vorsehen.

Er hatte dann zu ihr gesagt, sie müssten sich um ihretwillen trennen. Er wäre zu unzuverlässig, er wäre nicht gut für sie. Hätte er ihr ein *Du hast etwas Besseres verdient* zugemutet, hätte sie ihm etwas vor die Füße geworfen. Irgendetwas, das Erstbeste, ein Glas, einen Polster oder einen wütenden Aufschrei. Sie hasste diesen missbrauchten Satz, diese fadenscheinige Entschuldigung. *Dann mach es halt besser*, war die einzig angemessene Reaktion darauf. Breitbeinig stand er vor ihr, als müsse er seinen Worten mit seinem Körper Nachdruck verleihen, er wäre standhaft, sie würde an ihm abprallen. War sie schlecht für ihn, lag es an ihr, gab sie ihm nicht ausreichend Zeit, nahm sie ihm Raum und Zeit, seinen Raum, den er für sich beanspruchte, der ihm so wichtig war, und den sie mit ihrer Gegenwart überfüllte? Sie könnte beiseitetreten, sich an der Wand entlang drücken, mit der Farbe der Wand verschmelzen, und sich beiläufig und unauffällig wie ein Schatten von diesem Hintergrund lösen. Vielleicht einen Schritt in seine Richtung wagen, oder auch nicht, einfach da sein, in derselben Luft leben, die von ihm ausgestoßene einatmen, die Wärme mit ihm teilen und die Kälte, sehen, wie bei einsetzender Dunkelheit Konturen verschwanden und sich über ihr Wiederauftauchen am Morgen freuen. Sie könnte seine Entscheidung auch annehmen und sich abwenden, eine Bewegung Richtung Tür andeuten, sich umdrehen, ein letztes Mal zu ihm hinblicken, im Kopf ein *Lass es nicht wahr sein* formulieren, ihm das *Lass es nicht wahr sein* einer geheimen Botschaft gleich schicken, ein stummes Einverständnis. Und er würde aufsehen, er wäre verwirrt, er würde auf sie zugehen und sie in den Arm nehmen. Es war ein Traum, bloß ein böser Traum.

Er sah tatsächlich auf, etwas in ihm hatte angeklungen. Vielleicht war es ihr hündischer Blick, das kurze Einknicken des linken Fußes, oder wie sie sich fahrig die Haare hinter die Ohren strich. Er ging auf sie zu und sie bot sich ihm an, sagte, sie nähme, was er ihr geben könne. Sie dachte, sie könne mit leichtem Gepäck reisen, sich selbst und ihre Wünsche zusammenfalten, ihre Ansprüche hauchdünn packen, dachte, es genüge ihr, in seiner Nähe zu sein. Sie bot einen ganzen Menschen für ein Ohr, ihre Sinne für ein bisschen Zuhören, ihre Gefühle für ein Anklingen der seinen in der Musik, ihre Gegenwart für den Schatten der seinen. Sich irgendwo anhalten können, um nicht abzutreiben, um nicht alleine zu sein.

Sie hielten an ihrer ungleichen Beziehung fest. Für ihn war es ein *Von mir aus*, für sie ein *Ich kann nicht ohne dich sein*. Es ärgerte ihn, dass er sich hatte breitschlagen lassen, sie fürchtete, ihn zu sehr zu bedrängen. Sie waren unerträglich höflich und rücksichtsvoll, ihr Miteinander war fragil geworden wie ein ausgeklügelter Balanceakt. Die Worte, die sie im Rhythmus ihrer Disharmonie aufeinanderschichteten, fielen in sich zusammen, wenn sie das Gewicht ihrer Wünsche einen Hauch zu weit nach vorne lehnten oder es zu sehr zurücknahmen. Sie beobachtete Kai. Sie suchte nach Mustern und Gewohnheiten, wollte Zusammenhänge verstehen. Sie forschte nach dem *Wenn, dann*, nach dem Ursprung seiner Launen, wollte ihn vorhersehbar machen, seinen Unmut kalkulieren und abfangen. Das vermeintlich Richtige war selten richtig. Ständig unterliefen ihr Fehler, oder die Umstände änderten sich und das Gültige hatte seine Gültigkeit verloren. Sein Wohlwollen war weder fassbar noch messbar, es blieb zufällig, entzog sich ihren Bemühungen und so holperten sie dahin, holperten in seinem Wagen durch die Gegend und nebeneinander her, wenn sie bei ihm zu Hause leise sein mussten, denn Kai lebte bei seiner pflegebedürftigen Mutter. Weil er sich um seine Musik kümmern musste, kümmerten sich das Hilfswerk und Essen auf Rädern um die Mutter. Ihr Haus lag im Kreuzungsbereich einer Einfallstraße in die Stadt, in einer Gegend, in die es Almas Schritte nie verschlagen hatte. Es war staubig und laut, das Fremde verbarrikadierte sich hinter nackten, schmutzigen Fenstern. Keine Vorgärten, kein Spielzeug, kein Balkon, lieblose, billige Nachkriegsbauten, die nie einen Anspruch auf Schönheit erhoben hatten, aus dem Verfall geborene Zweckmäßigkeit. Der einzigen Anhaltspunkt für die Augen war ein Kastanienbaum, für den man vom Gehsteig zwei Quadratmeter Erde abgezweigt hatte. Halbseitig verdorrt kämpfte er ums Überleben.

Sie bewegten sich in einem Grenzgebiet, unmittelbar dahinter lag das Land der verbotenen Worte. Manchmal spähten sie hinüber. Ein falscher Satz, und das zerbrechliche Gleichgewicht flog ihnen um die Ohren. Es war schwierig, sich dauerhaft von der Grenze fernzuhalten. Sie konnten nicht mehr in den Tag hinein reden, sie mussten denken, bevor sie sprachen. Sie mussten abwägen, das gerade noch Erlaubte finden, hinter jedem Satz hockte ein weiterer und hinter jeder Bewegung eine Falle. Sie belauerten sich, sollte einer sich einen Fehler erlauben, wäre der andere zur Stelle, um den Riss in der Mauer mit einer Ablenkung zu kitten. Sie waren auf der Hut und ihre Finten raffiniert. Sie wussten, es war nur eine Frage der Zeit, bis sie ihre Scharmützel nicht mehr aufrechterhalten könnten. Sie würden sich an den Grenzzaun heranschleichen, ihn umkreisen und nach einer Stelle Ausschau halten, an der er ohne großen Aufhebens zu überwinden wäre. Sie würden seine Beschaffenheit erkunden, an ihm rütteln, zaghaft zunächst, zunehmend forscher, das Rütteln würde ihre Zurückhaltung zum Schwingen bringen, bis sie zerbrach. Lustvoll würden sie sich im Sperrgebiet austoben, sie würden das Fest der Zerstörung feiern.

Alma setzte als Erste einen Schritt über die Grenze. Sie waren für einige Tage in die Gegend gefahren, aus der Almas namensgleiche Großtante stammte. Sie wanderten, fuhren mit dem Boot und aßen ihre Forellen blau und geräuchert. Das Wetter schlug hier schnell um, und nicht nur einmal liefen sie vor den unerwartet einsetzenden Schauern davon. Kaum flaute der Wind auf, wurde es über den Bergen dunkel, und im nächsten Augenblick wehten die ersten Tropfen herüber. Sie genossen die Feuchtigkeit und den Anblick der saftigen Wiesen. Nach einem trockenen Winter hatte das Frühjahr kaum Niederschläge gebracht, und schon Anfang April hatten viele Flächen staubig und karg gewirkt wie im Hochsommer, die schneeweißen Blütenblätter der Magnolien hatten bräunliche Ränder bekommen, ehe sie ganz entfaltet waren, selbst die moosigen Stellen im Schatten hatten gedarbt. Der Wind hatte den Blütenstaub der Bäume in dichten Schwaden vor sich hergetrieben, gelbe Wolken schwebten durch die Luft, der Regen jedoch war ausgeblieben. Es war eigenartig trostlos gewesen, die Natur so kümmerlich zu sehen.

Es waren die längsten Tage des Jahres, es waren die Tage um Almas Geburtstag. Sie war am einundzwanzigsten Juni vor siebenundzwanzig Jahren geboren worden. Am Nachmittag ihres Geburtstags zog ein schweres Gewitter auf. Erst gegen Abend klarte es auf, es dampfte, der Duft des Bergsommers hing über dem Land, blaue Flecken blitzten dazwischen durch. Kaum waren die dunklen Wolken abgezogen, trieb es Alma hinaus, sie liebte diese Stimmung, den abklingenden Regen und den tiefhängenden Nebel, es war wie ein Anfang, die Welt hatte sich gewaschen, alles konnte von Neuem beginnen, alles war möglich.

Alma hatte für sieben Uhr einen Tisch reserviert, sie ging vor, Kai würde nachkommen, er war müde und wollte sich etwas ausruhen.

Er war nicht gekommen, über eine Stunde hatte sie gewartet. Vielleicht hatte er sich in der Uhrzeit vertan, vielleicht war er eingeschlafen. Sie hatte sich ein Glas Weißwein bestellt und es mit ihren Fingern umklammert, ihr Kopf war schwer geworden. Sie hatte keine Lust verspürt, ihn anzurufen. Nach und nach war das Denken aus den geordneten Bahnen gerutscht. Sie sah sich auf dem Boden kriechen, sah, dass die Perspektive schwenkte, der Boden stellte sich unter ihr auf, ihre Füße suchten Halt. Verputz bröckelte ab, hier und da tat sich ein Spalt auf, der ihrer Bewegung antwortete, sie rutschte ab, Arme und Beine hatten der Schwerkraft nichts entgegenzusetzen. Und aus dem Rutschen wurde ein Fallen.

Alma wollte nicht mehr warten, sie war versetzt worden, das ließ sich nicht schönreden. In die Kränkung mischte sich ein neues Gefühl, diffus noch, kaum greifbar. Sie hatte keine Lust, weiterhin die Verständnisvolle zu spielen, keine Lust mehr, ständig Rücksicht zu nehmen. Sie hatte tatsächlich etwas Besseres verdient.

Er lag schläfrig im Bett, als sie das Hotelzimmer betrat. Er beteuerte, es täte ihm leid, versprach ihr, sie würden alles nachholen. Alma winkte ab, ihr war die Lust zu feiern vergangen. Von jenseits der unsichtbaren Grenze leuchtete ein Licht herüber.

Am nächsten Morgen war sie müde, Aufregungen erschöpften sie. Sie verbrachten den Tag schweigend, aber sie waren nicht stumm. An ihren Vorwürfen schleppten sie schwer.

Bald nach dem Aufenthalt in den Bergen brach Kai zu einer zweiwöchigen Konzertreise nach Deutschland auf. Alma war erleichtert, alles schien einfacher, irgendwie leichter. Sie konnte frei denken und bildete sich nicht ein, um die Ecken seiner Gedanken herumscharwenzeln zu müssen. Da war ein wohldosierter Hauch von Selbstbestimmtheit, den sie genoss, ohne Gefahr zu laufen, sich in der Unüberschaubarkeit zu verlieren.

In dieses Gefühl platzte die Nachricht vom Tod der Großmutter, und alles Wohlige fiel wieder in sich zusammen. Schlagartig kam die Erinnerung an die Silhouette ihrer Lotti Oma vor dem Wohnzimmerfenster zurück. Nur wenige Wochen war es her.

Alma hatte von der schweren Erkrankung gewusst, sie hatte gewusst, dass keine Wunder zu erwarten waren, und hatte die Endgültigkeit doch nicht verstanden. Sie hatte nicht verstanden, dass sie einmal ohne Lotti im

Lottihaus stehen würde, rings um sich die vertrauten Gegenstände, die im Betrachten fremd wurden, da sie nicht mehr zugehörig waren, deren Sinn und Zweck von einem Menschen abhängig waren, den es nicht mehr gab. Und irgendwie gab es auch das Haus und seine Einrichtung nicht mehr, Möbel, Lampen und Teppiche verwandelten sich in hohle Nachfertigungen. Heimlich beobachtete Alma ihre Mutter. Gerade hatte sie ihre Mutter begraben, doch sie wirkte weder verstört noch untröstlich. Alma konnte sich nicht vorstellen, dass da niemand war und nie wieder wäre, keine Eltern, die einfach da waren, ganz selbstverständlich, ein Ausgangspunkt, zu dem man stets zurückkehren konnte. Man kam vorbei, man kam auf ein Gespräch, man bekam etwas zu essen und einen Kaffee, man bekam Unterstützung und Antworten.

Als sie Lottis künstlerischen Nachlass entdeckten, war Alma schon gegangen. Die Blätter mit den Zeichnungen fand man, chronologisch geordnet, im Aktenschrank von Antons ehemaligem Arbeitszimmer. Die älteren Ölgemälde hatte sie ebenfalls in die Schränke einsortiert, lediglich die größeren standen davor, ebenso jene neueren Datums. Das letzte Bild hatte sie offenbar erst vor wenigen Wochen begonnen, es war unvollendet und zeigte einen Greifvogel im Nebel.

Die Familie war von Lottis künstlerischem Schaffen und von dessen Qualität überwältigt, und sie war ratlos, damit hatte niemand gerechnet. Sie hatten am Rande mitbekommen, dass Lotti gelegentlich gemalt hatte, so wie man seine Zeit füllt, mit Tennis, Lesen oder Konzerten, aber was jetzt zu Tage trat, das war kein Hobby, das war ein Lebenswerk.

Einige Tage später gab es die nächste Überraschung. Bei der Sichtung der Dokumente wurde ein Brief gefunden. Er war an Alma adressiert.

Liebe Alma,

ich darf Dich bitten, eine Expertise über meine Zeichnungen sowie die in den letzten Jahren entstandenen Ölbilder anfertigen zu lassen. Sollte sich herausstellen, dass diese einen künstlerischen Wert haben, ersuche ich Dich, liebe Alma, mein Werk als Sammlung einem Museum oder einer Galerie zu überlassen. Ich kann und will darauf nicht näher eingehen, nur so viel sei gesagt: Jedes einzelne Bild war mir wie ein Kind, ein Kind meiner Seele, das ich bei mir wissen musste. Eine Veröffentlichung meines Werkes oder Teilen davon war mir zu Lebzeiten nicht möglich. Ich danke Dir!

Deine Lotti Oma.

Für Alma waren die Neuigkeiten zu groß. Sie verstand, dass die Großmutter diese Aufgabe ihr zugeteilt hatte, sie war das einzige Familienmitglied, das sich mit Kunst auskannte. Andererseits verstand sie es nicht. Sie hatte im Studium weder die organisatorischen Fähigkeiten noch das Auftreten erworben, das erforderlich gewesen wäre, um mit gewieften Galeristen über Konditionen zu verhandeln. Unsicher und überfordert wollte sie in Kais Arme flüchten, obwohl sie wusste, dass er unangekündigten Besuch hasste. War er von einer seiner Reisen zurück, war er müde und empfindlich. Es war ihr jetzt egal.

Als er ihr die Tür öffnete, erkannte sie, dass sie einen Fehler gemacht hatte. Er freute sich nicht, sie zu sehen, er war verärgert, und die Aussicht auf Unterstützung zerschlug sich, ehe er den Mund öffnen konnte. Er bat sie nicht herein und schloss wieder ab, er bemerkte nicht, dass er Alma weinend im Stiegenhaus zurückließ. Alma setzte sich auf die oberste Stufe und tat sich unendlich leid. Sie war so wütend und sie hing so an ihm, sie war so verletzt und sie brauchte seinen Trost. Irgendwann schleppte sie sich davon und holte bei ihrer Mutter den Schlüssel zu Lottis Haus. Sie musste alleine sein, wollte in der Vergangenheit schmökern, Trost finden in den Überresten von Lottis Existenz. Sie streunte durch das verlassene Haus. Der Wohnzimmerteppich war noch an seinem Platz, genauso wie die größeren Möbelstücke, die sie nicht eigenhändig verladen konnten, sonst war es fast leer. Helle Flecken schmückten die Wände, stellenweise von einem Gemisch aus Staub und Spinnweben überzogen. Damit den kahlen Stellen nicht kalt wird, dachte Alma, und wunderte sie sich über ihre Fantasie.

Paralleluniversum
Alma

Der Pinsel fuhr hinab. Er tänzelte braun über die weiße Leinwand, er hinterließ einen flüchtigen Strich. Ein zweites Mal tat sie es – ein drittes Mal. Und so, absetzend und tänzelnd, erreichte sie eine rhythmische Tanzbewegung, als seien die Pausen der eine Teil des Rhythmus und die Pinselstriche der andere und alle seien miteinander verbunden.

Als Alma Lottis Zeichnungen zum ersten Mal in den Händen hielt, diese fantastischen Traumwelten oder Albtraumwelten, wollte das neugewonnene Wissen, dass die Hand der Großmutter den Stift auf diesen Hunderten, ja wahrscheinlich über tausend Blättern geführt hatte, nicht in sie eindringen. Sie hatte viel Zeit mit ihrer Großmutter verbracht, sie oft und gerne besucht, und kein einziges Mal hatte Lotti davon erzählt, nie hatte sie gesagt, schau Alma, das habe ich gestern gemalt, wie gefällt es dir, oder, ich möchte dir eines schenken, ich habe es für dich gemalt.

Alma war verwirrt. Sie verhedderte sich in einem zögernden, aber nagenden Groll gegen dieses Geheimnis.

Es waren nicht ein paar einfache Zeichnungen, die Lotti in den Jahren nebenbei angefertigt hatte, so wie andere Großmütter vor dem Fernseher Socken strickten. Es waren Wunderwelten, die Lotti in akribischer, jeweils wohl tage- und wochenlanger Arbeit erschaffen hatte, in einer Parallelwelt geschaffene Paralleluniversen, die den Menschen dahinter in einem völlig neuen Licht erscheinen ließen. Wie hatte die für ihre lebenspraktischen Weisheiten bewunderte Großmutter all die Jahre diese ausufernde Fantasiewelt verbergen können? Und nun war sie, Alma, die unbedarfte Kunstgeschichtestudentin, von einem Tag auf den anderen Nachlassverwalterin eines bemerkenswerten Œuvres geworden.

Vorsichtig begann Alma, in die Bilderwelt der Großmutter einzutauchen, in diese prall gefüllten Wimmelbilder, die bis ins kleinste Detail ausgeführt und von Traumwesen bevölkert waren. Heerscharen von Ameisen mit menschlichem Antlitz versuchten durch den Spalt eines Rolltores zu entkommen, es wurde von einem blauen Hund bewacht, der merkwürdig zwischen Aggression und Traurigkeit schwankte, während sein Körper den Zwitterwesen nach dem Leben trachtete. Gefiederte Echsen zogen über eine doppelköpfige Schlange hinweg, ihre Gesichter glichen jenen von Kindern, Fabelwesen gebaren dreibeinige Frauen und riesige Früchte öffneten ihr Innerstes, gewaltigen Mündern gleich. Dort, wo die Blätter koloriert waren, waren dem Farbenreichtum keine Grenzen gesetzt, wo die Farbe fehlte, vermittelten sie eine entrückte Düsterkeit.

Die Ölbilder markierten einen Bruch in Lottis Schaffen. Die akribische Figürlichkeit war hier einem groben Experimentieren mit Farbe gewichen, mit breiten Pinselstrichen oder Spachteln war sie auf die Leinwand aufgebracht worden. Die dicken Farbschichten waren reliefartig strukturiert. Einige sahen aus, als hätte man sie auf den Boden geworfen, möglicherweise ins Gras. Dank der durchgängigen Datierung konnte Alma nachvollziehen, dass die in Öl gemalten Werke sämtlich aus der Zeit nach dem Tod ihres Großvaters stammten. Als hätte Lotti sich erst im Alleinsein befreit und unbeobachtet der großen Geste hingeben können.

Beim genaueren Betrachten entfaltete sich eine soghafte Wirkung. Das Auge wurde gezwungen, Lottis Geschichten bis in den letzten Winkel zu folgen und die Geheimnisse ihrer Wesen zu ergründen, um die dahinter versteckte Symbolik zu enträtseln. Lottis fantastische Wesen tauchten in Almas Träumen auf. Sie träumte lebhaft wie selten zuvor und fragte sich, ob man sich in den Träumen eines anderen verirren könne, es war, als träume sie in Lottis Kopf, als marschiere sie in Welten umher, die Lottis Unbewusstem entsprungen waren.

Mit der gesteigerten Intensität der Auseinandersetzung wuchsen das Bedauern und der heimliche Ärger darüber, dass der gegenseitige Austausch zu Lebzeiten nicht stattgefunden hatte. Alma würde diese Bildsprache nie in passende Worte übersetzen können, sie blieb rätselhaft, auch wenn gewisse Gesichter regelmäßig wiederkehrten, insbesondere jenes einer unbekannten Frau. Nach und nach konnte sie einen roten Faden erkennen. Sie wusste, dass es ratsam wäre, eine Art Leitmotiv herauszufiltern, ein grundlegendes Thema, mit dem sich Lotti in ihrer Arbeit auseinandergesetzt hatte. Es gab immer einen Kern, um den sich ein Werk spiralförmig aufbaute, einen Bezugspunkt, der im Zentrum mitschwang.

Beim Sichten des Nachlasses prägte sich ein querformatiges Blatt in Almas Kopf ein. Lotti hatte es *Lebenskreis* genannt, es zeigte eine Art Metamorphose. Von links unten kroch eine menschliche Gestalt ins Bild. Sie schob sich am Boden entlang, das Gesicht war eine leere Fläche, der Körper grob konturiert. Auf ihrem Weg vollzog sich eine Verwandlung, die dunklen Grautöne hellten sich auf, Farbe und Form kamen ins Spiel. Nach und nach modellierten sich Züge und Umrisse, sie verfeinerten sich, zarte Hände, ein schlanker Hals, Mund und Augen, es war eine Frau. Sie richtete sich auf, setzte ihre Schritte sicher über den Boden, stieß sich ab und spreizte die Finger, und begann zu schweben. Sie trug jetzt ein leuchtend buntes Kleid, verschiedene Rottöne, es war ausladend und weit geschnitten, die Ärmel erinnerten an Flügel. Ab der Mitte ragten vom oberen Rand Hände herein, nur die Fingerspitzen zunächst, dann die Finger, Handballen, ein Unterarm bis zum Ellbogen, und endlich, in der rechten äußeren Ecke, ein Paar vollständiger Arme bis hinauf zu Schultergürtel und Hals. Sie streckten sich der Frau entgegen, zogen sie gleichsam aus dem Boden heraus und zu sich hinauf.

Parallel zur Durchsicht ihrer Werke begann Alma Lottis Post zu lesen, die sie in dem Versteck am Dachboden entdeckt hatte. Manches war banal, Reisenotizen, Dankesschreiben und Genesungswünsche. Als sie sich dem Stapel Briefe zuwandte, der von einem schmalen Band aus rotem Samt zusammengehalten wurde, war es mit der Banalität schlagartig vorbei. Und wie aus dem Nichts war da ein Ausgangspunkt, ein gewaltiges Epizentrum. Wer war Veza?

Wir sind kein Augenzwinkern
Dorothea

Sie möchten sich verirren und gefunden werden, möchten selbst finden […]

Der kurzfristig angekündigte Besuch hatte sie nicht wirklich überrascht. Sie hatte damit gerechnet, hätte sich aber gewünscht, die junge Frau zu einem früheren Zeitpunkt zu empfangen, früher, als es ihr besser gegangen war. Die gichtigen Beine trugen kaum noch die Last ihres Körpers, hinkend und unter großen Schmerzen konnte sie kurze Strecken aufrecht überwinden, die meiste Zeit saß sie im Rollstuhl. Sie hörte schlecht, das Sprechen ermüdete sie, ihr Geist jedoch war hellwach, gefangen in einem nutzlosen, quälenden Körper. So lange lebte sie schon. Unzählige Veränderungen waren durch die Mauern der Klausur bis zu ihnen vorgedrungen, es hatte gute und schlechte gegeben, jene der letzten Jahre aber hatten sie in den Grundfesten ihrer Existenz erschüttert. Sie wusste nicht mehr, an was sie glauben sollte, sie wusste nicht einmal mehr, ob es noch richtig wäre zu glauben. Fast war ihr Gott abhandengekommen, sie fühlte sich wie damals, als junges Mädchen, unsicher und zweifelnd. Sie hatte ihren Glauben an das Gute verloren, an den Sieg der Bescheidenheit über die Gier.

Die Menschen hinterließen eine Spur der Zerstörung. Sie begriffen nicht, dass sie Teil waren, handelten, als wäre alles ihr Eigentum, und waren unerträglich maßlos. Sie sahen nicht das Wunder, nicht die atemberaubenden und verborgenen Schönheiten, das bis ins kleinste Detail durchkomponierte Ganze, alles war zur Zweckmäßigkeit herabgewürdigt worden. Die Natur mochte gewaltig sein, der Mensch war grausam.

Oft wandte sie sich verzweifelt an Gott, doch sie erhielt keine Antwort. Er hatte sich abgewandt, er konnte nichts tun, seine Schöpfung zerstörte sich selbst. Sie waren Marionetten, sie funktionierten, ohne nachzudenken, waren gedankenlos und träge. Man sprach von großen Plänen und versprach die Leere, man verschloss die Augen und glaubte an das Neue, glaubte, alles wäre mit allem vereinbar. Sie schienen sich so sicher. Der Sinn war ihnen abhandengekommen, er lebte außerhalb der Vernunft. Er lebte in der Verweigerung und im Nein. Er lebte nicht im Wissen und nicht in den Meinungen, er lebte in der Demut und in der Dankbarkeit. Er lebte auf verlorenem Posten, denn sie hatten den Rhythmus verloren. Sie hatten den Faden verloren und den Zusammenhang. Die Menschen hatten sich verlaufen.

So gerne hätte sie Alma dazu befragt.

Liebe Alma, hätte sie gesagt, wird es gutgehen? Oder hat sich die Menschheit in einem Labyrinth ohne Ausgang verirrt?

Alma hätte aufgeblickt, gerade eben in Gedanken den Schritten der Großmutter folgend, sie war nicht gekommen, um Antworten zu geben.

Ich glaube, ich verstehe Ihre Frage nicht.

War das einfache Leben nicht besser? Ist es tatsächlich so, dass man immer weniger von Angesicht zu Angesicht spricht? Kommunikation hat so wenig mit Sprache zu tun, miteinander reden ist auch Schweigen, da sind Gesten und Blicke, die Mimik. Wie kann man sein Gegenüber verstehen, wenn das Schweigen nichts als eine Pause ist? Vielleicht wird man sich irgendwann nicht bloß der Maschinen bedienen, vielleicht verwandeln wir uns selbst in Maschinen. Wissen Sie, der Mensch ist beeinflussbar. Er reagiert und wandelt sich. Wenn er zu stark und zu ausschließlich einer künstlich geschaffenen Welt ausgesetzt ist, gibt es keinen Weg zurück.

Alma wäre sehr nachdenklich geworden.

Ich fürchte, es gibt kein Zurück, Schwester Dorothea. Es gab immer nur eine Richtung, jene nach vorne. Wir haben uns stets weiterentwickelt.

Das weiß ich und das macht mir Angst. Wir sind kein Augenzwinkern, wir sind kein Zufall. Wie konnten wir vergessen, dass den Armen das Reich Gottes gehört.

Doch es gab keinen Raum, in den diese Worte passten, sie spürte es, als sie Alma das erste Mal sah, spürte, dass sie dieses Gesicht nicht mit zusätzlicher Verwirrung beladen durfte. Sie versuchte, mit Almas Augen zu sehen, stellte sich vor, die wehrhaften Mauern von außen zu sehen, die das an eine mittelalterliche Burg erinnernde Gebäude umgaben, diese Stein gewordene Abwehr gegen die äußere Welt, die nicht nach den Prinzipien der Keuschheit, der Armut und des Gehorsams lebte. Drinnen und draußen, scheinbar unvereinbare Gegensätze. Sie war Alma und öffnete die Tür, die in das schwere Holztor eingelassen war, der Weg zur Pforte führte über einen Graben, eine Erinnerung an kriegerische Zeiten, als die Bewohner der Umgebung vor den Türken hier Schutz suchten und Wehrmauer und Wassergraben errichtet worden waren. Sie freute sich über die Astern, Anemonen und Dahlien, die sich anstelle des Wassers dort drängten, violettes, weißes und gelbes Blühen. Zum allerersten Mal vernahm sie den schrillen Ton der Glocke, als sie beim Eingang läutete. Sie erschrak, es war, als dringe er tief in das Innere des Gebäudes ein, und fast zeitgleich, als hätte sie schon gewartet, erschien das Gesicht der Pfortenschwester in der Luke.

Grüß Gott, mein Name ist Alma Reichenstein, ich habe angerufen.

Ja, richtig. Grüß Gott schön.

Die Tür öffnete sich und eine winzige, vom Alter fast in die Waagrechte gebeugte Gestalt erschien. Almas

Hand wurde herzlich gedrückt, ein runzeliges Lächeln strahlte ihr von unten entgegen.

Kommen Sie, kommen Sie.

Das scheinbar uralte Wesen eilte mit ihr den Blumengraben entlang.

Kommen Sie. Bitte schön, hier ist unser Besuchszimmer. Ich hole Schwester Dorothea.

Wieder war sie Alma und betrat den schmalen Raum. Ein schmiedeeisernes Gitter erstreckte sich über die Hälfte einer Längsseite und verband dieses Zimmer mit einem weiteren. Sie setzte sich auf einen der beiden schlichten Holzsessel, die vor der vergitterten Öffnung standen. Kühl war es hier, und still. Sie wartete. Als hinter der Wand Schritte zu vernehmen waren, bemerkte sie ihre Aufregung. Was erwartete sie sich von diesem Besuch, welche Fragen wollte sie stellen? Gab es überhaupt Antworten auf ihre Fragen? Sie stellte sich vor, sich selbst zu treffen, sie würde die Balken hinter dem Gitter für sich öffnen und ihre Hände durch die Öffnung nach draußen strecken. Sie würde fühlen, wie sich Augen und Hände neugierig begegneten.

Und dann musste sie erzählen, musste pflichtschuldig vor der Enkelin die Geschichte der Großmutter ausbreiten, die fast so alt war wie sie selbst und deren Zeugin sie in Wahrheit nie geworden war. Während sie sprach, hörte sie sich zu, es kam ihr vor, als erzähle sie ein Märchen. Vielleicht war es so gewesen, vielleicht auch nicht. Schwester Teresa hatte sich ihr anvertraut, später auch Lotti. Sie hatte viel über Lotti und Veza erfahren, sie war mit dieser Freundschaft in Berührung gekommen, in sie eingedrungen, zum Kern vorgedrungen, war sie nicht. Sie war außen geblieben, an den Rändern, eigenartig entfremdet. Sie hatte versucht sich vorzustellen, wie es gewesen sein mochte, Lotti zu sein, und hatte keinen Zugang gefunden. Und jetzt erzählte sie so selbstverständlich von diesen beiden Frauen, als hätte sie alles verstanden.

Sie stellte sich vor, wie Alma die Briefe zu Hause ein weiteres Mal las. Sie würde zwischen den Zeilen lesen und hinter den Worten. Sie würde Lottis Bilder betrachten, und Veza darin entdecken, sie würde wissen, wie sie ausgesehen hatte, und sie in nahezu jedem Blatt finden, das runde Kinn und den schmalen Mund, die eng stehenden, dunklen Augen unter den dichten Brauen, das dunkle, lockige Haar. Ihre Finger würden währenddessen mit dem roten Band spielen, das Veza im Haar getragen hatte. Der neue Blick auf Lottis Schaffen würde eine geradezu unheimliche Verdichtung offenbaren, es gab nicht bloß ein Leitmotiv, von dem ausgehend sie sich unterschiedlichen Themen angenähert hatte, es gab *das* Motiv, und das Motiv war Veza, es war die scheinbar bedeutendste Konstante im Leben der Großmutter, und gleichzeitig die unbekannte Größe.

Alma wüsste dann einiges, aber Wissen und Begreifen waren nicht dasselbe. Es gab die Bilder, und es gab Briefe, es gab das unzuverlässige Gedächtnis einer alten Frau. Und zwei herzförmige Dosen, die letzten Geschenke, die Lotti und Veza sich gemacht hatten. Vielleicht würde Alma dort eine Antwort, einen Rest von Wärme, einen Rest Liebe finden. Die unmittelbare Erfahrung jedoch, das Andocken an Lottis Gedanken und das Gespräch mit ihr, würde stets fehlen, sie blieb unersetzlich. Alma konnte ihr nur nachspüren, sich hineinversetzen, vermochte sich dieses vorzustellen und jenes zu vermuten. Ein Rest an Unsicherheit, eine Trübung, die wie der Schatten des Daumens auf der Linse lag, würde immer zurückbleiben. Welches Gefühl hatte Lotti und Veza verbunden, und welches Erlebnis? Wie waren sie aufeinandergetroffen, was hatte sie unzertrennlich gemacht? Was machte ihre Freundschaft aus, was machte sie so besonders? War es der Abgrund, der sich vor ihnen auftat, oder waren sie es selbst, war es der Verlust oder die Substanz? Möglich, dass ihr die Großmutter beim Nachdenken fast abhandenkäme, die Perspektiven würden sich verschieben. Wie baute man etwas Vertrautes neu zusammen, wo sollte man beginnen und wo enden, reichte es zu ergänzen oder musste man neu denken?

Das offengelegte Geheimnis würde Alma durchdringen, sie würde sehr nachdenklich werden. Dorothea hatte es ihren unsicheren Augen abgelesen, unbeschützt hatte sie ausgesehen. Sie spürte, dass diese Frau die Geschichte mit einer weiteren, ihr unbekannten Bedeutung auflud. Möglich, dass sie in mehreren Ebenen dachte und in Verbindung setzte, dass sie die Intensität und Kraft dieser Beziehung mit eigenen Erfahrungen abglich. Sie erkannte Almas Unsicherheit, ihr mangelndes Selbstverständnis und das brüchige Vertrauen, diesen Eiertanz, dem sie sich freiwillig unterwarf und der ihr mehr abverlangte, als er zurückgab. Geben und Nehmen waren möglicherweise außer Balance. Sie würde genau hinsehen müssen.

Dorothea kannte bloß Schwester Teresa und an diese erinnerte sie sich gerne. In den Jahren, die sie gemeinsam verbracht hatten, war sie ihr ans Herz gewachsen. Gemeinsam mit ihr zu arbeiten, gleich, ob in der Küche oder draußen im Garten, war schön gewesen. Schwester Teresa hatte eine einfache Fröhlichkeit ausgestrahlt, einfach im Sinne von anspruchsfrei und demütig. In der Stille und in den Gesprächen waren sie sich nahe gekommen. Es war, als wüsste Teresa Bescheid, sie hatte immer die richtige Antwort. Dorothea musste ihr nichts erklären, oft genügten ein Blick oder ein Händedruck, der mehr Verstehen ausdrückte, als es anderen mit Worten gegeben ist. Erst als sich die Hinweise verdichteten, dass sie Abschied nehmen müsste, hatte sie sich Schwester Dorothea anvertraut. Zart und behutsam hatte sie die Freundin beschrieben, als wolle sie die gemeinsame Zeit in ein Nest aus Federn und Moos betten. Als sie kamen, klagte sie nicht. Man hörte kein Hadern und keine Vorwürfe, sie übergab sich den Schergen mit unantastbarer Würde.

Dorothea stand nun selbst am Ende, es blieben ihr höchstens ein, zwei Jahre, vielleicht auch nur Monate. Zu gehen, ohne zu wissen, dass alles gut würde, wurde zur beklemmenden Gewissheit. Sie lebte hinter diesen Mauern, abgeschottet von außen, in einer anderen Wirklichkeit. Was konnte sie tun? Sie konnte beten und Gott um Hilfe bitten, und sie betete jeden Tag und bat um Erkenntnis, Beistand und Gerechtigkeit. Das taten sie alle, doch sie waren so wenige geworden. Ihre Gemeinschaft wurde kleiner und kleiner, obwohl sie sich im Karmel vergleichsweise glücklich schätzen konnten. Es gab Zugänge, auch wenn es wenige waren. Sie wusste, dass anderswo die Sorge um Nachwuchs größer war. Vielleicht war es gerade die Ausschließlichkeit, der sie sich hier aus freien Stücken unterwarfen, der strenge Kontrast zum Lärm draußen, der ihnen einen Weg in die Zukunft wies.

Weit hatte es sie abgetrieben. Wenn die Mauern der Burg zwischen Wiesen und Feldern aus den herbstlichen Nebeln leuchteten, mochte man sie für eine Erscheinung halten. Sie war aus der Zeit gefallen. Sie wollte diesen Herbst ganz bewusst wahrnehmen, das von Tag zu Tag strahlender werdende Gelb und das kräftige Rot, diesen

Reichtum an Farbe und Form. Die Felder waren gemäht und das Heu eingelagert, die letzten Äpfel mussten abgenommen werden. So schön waren diese Früchte, rot und grün glänzende Wunder. Sie wollte sich vom Licht durchdringen lassen, wollte Wärme und Licht in den Zellen ihrer Haut speichern, einen Vorrat anlegen, um im Winter von der Erinnerung daran zehren zu können. Sie war besessen vom Gefühl des inneren Frierens, vergeblich bemühte sich Dorothea, die bis ins Mark kriechende Kälte aufzuhalten. Wenn gebügelt wurde, legte sie Hände und Wangen auf den feuchtheißen Stoff, sie wollte sich vom Dampf durchdringen lassen, ihn durch die Haut aufnehmen, dass er sie innen drinnen wärme, aber es gelang nicht. Das Warme blieb außen, es blieb an ihrer Oberfläche hängen und kühlte ab, bevor es einsickern konnte.

Dorothea fürchtete die Kälte von Jahr zu Jahr mehr, sie mochte weder das halbe Licht noch die frostige Sonne. Die stocksteife, leblose Natur machte ihr Angst.

Wie feinstes Glas
Alma

Denn sie wollten immer mehr, wollten alles, sie mussten sich einfach in die Augen blicken und die schreckliche Geschichte der ohne einander verbrachten Jahre erzählen, und noch vieles andere.

Gerade waren sie mit den Vorbereitungen für die Ausstellung fertig geworden, es war das erste Mal, dass Lottis Werke im Ausland gezeigt würden. Eine länderübergreifende Retrospektive widmete sich der künstlerischen Aufarbeitung der Traumata des Nationalsozialismus und zeigte das Schaffen bekannter, wie auch von der Öffentlichkeit weniger wahrgenommener Künstler. Es wurden Bezüge zu Literatur und Musik hergestellt, Briefe, darunter Teile des Briefwechsels zwischen Lotti und Veza, wurden ebenso gezeigt wie Tagebucheinträge jener Jahre. Alma war stolz darauf, dass das Bild *Lebenskreis* eines der Exponate war, mit denen die Ausstellung beworben wurde.

Man hatte sich vorgenommen, das nicht Erlebte erlebbar zu machen, hatte neue, unkonventionelle Wege beschritten. Alle Sinne wollte die Schau ansprechen, sie arbeitete mit Gerüchen, mit visuellen und akustischen Reizen. Die Geschichten, die man erzählte, sollten die Besucher durchdringen, durch das Fühlen, das Nachempfinden, sollten sie verstehen.

Alma war ruhiger geworden. Sie hatte eine gewisse Routine entwickelt, eingeübte Handgriffe und kleine Rituale, die ihr Halt gaben. Sie musste nicht mehr vorspulen zu einem unscharf definierten Punkt in der Zukunft, an dem das Neue überschaubar vor ihr läge, an dem sie einen Überblick hätte und wüsste, was zu tun wäre. Wieder und wieder hatte sie in Gedanken den Stoff geglättet, aus dem Lottis Träume gewebt waren, hatte über die Unebenheiten hinweggestrichen. Ein gedankliches Spiel, um die Summe des Unerwarteten auszuhalten. Allen sollte sie es recht machen, der Familie, der Kunstszene und den Medien. Vor allem aber musste sie der Großmutter gerecht werden, ihrem Vermächtnis.

Seit die einzigartige Freundschaft der beiden Mädchen ein Teil von ihr geworden war, hatte Alma an die rettende Kraft dieser Geschichte geglaubt. Immer noch kam es ihr unwirklich vor. Sie hatte im Kloster angerufen und einen Besuch vereinbart, sie war in Erinnerungen eingeweiht worden, die parallel zu den kollektiven Erinnerungen der Familie existiert hatten. Hals über Kopf war sie in das parallele Leben gestürzt, das Lotti gekonnt vor ihnen verborgen hatte. Ihre Wahrnehmung überholte sich selbst, so sehr beschleunigte alles, gleichsam aus dem Stand auf maximale Geschwindigkeit, es beutelte sie durch, und alles kam durcheinander. Das war zunächst angsteinflößend, zu schnell, zu groß, zu chaotisch. Aus eigenen Stücken hätte sie sich nie so weit aus der Deckung ihrer Ordnung vorgewagt. Irgendwann war es mitten in der Panik still geworden, sie fühlte sich wie im Auge des Sturms, blickte auf das Toben ringsumher und ließ es sein, ließ es toben, ließ die Verwirrung zu und sich in eine neue Richtung treiben. Es war jetzt gleichgültig, ob der Orkan aus der alten Existenz Kleinholz machen würde, sie würde sich Stück um Stück eine bessere bauen. Es war eigenartig befreiend, die einzelnen Teile unbeschützt und zusammenhanglos vor sich liegen zu sehen, zu wissen, dass sich daraus etwas Neues basteln ließe, etwas, das nur ihr gehörte.

Alma hatte Vertrauen gefasst. Sie vertraute darauf, dass die Geschichte von Lotti und Veza durch sie weiterleben würde, und das erfüllte sie mit einer tiefen Zufriedenheit. Ihr Handeln hatte gleichsam über Nacht an Bedeutung gewonnen, es war nicht mehr gleichgültig, was sie tat und wie sie es tat. Man hatte ein Geheimnis in ihre Hände gelegt und ihr damit einen Auftrag erteilt.

Auf ihrem Nachtkästchen standen die beiden herzförmigen Dosen, in der Lade lagen die Briefe, zusammengebunden von dem schmalen Band aus rotem Samt.

Vielleicht würde sich die äußere Form des Erinnerns verändern, vielleicht würde sie unwirklich und blass, abgegriffen wie das hauchdünne Briefpapier, auf dem sich Lotti und Veza geschrieben hatten, zart wie feinstes Glas oder wie Seifenblasen. Verschwinden würde sie nicht, sie würde einen Abdruck hinterlassen, wie zerplatzte Seifenblasen am Boden, ein runder Fleck, der sich bei genauem Hinsehen und im rechten Licht farblich immer vom Untergrund unterscheidet.

Karmel, 24. Juni 1940

Liebste Lotti!

Zeit ist in diesen Mauern kein Begriff, und so weiß ich nicht, ob ich schon drei Monate hier bin oder erst seit drei Wochen. Welchen Unterschied würde es auch machen? Der Rhythmus dieses Lebens und das Schweigen haben sich kühlend auf meine Seele gelegt. Könnte ich über die Dinge sprechen, die mir während des Schweigens durch den Kopf gehen, hätte ich viel zu erzählen. Du kannst dir nicht vorstellen, wie die Gedanken zu rotieren beginnen, wenn wir sie nicht mit Banalitäten ablenken. Es ist eine unglaubliche Erfahrung.

Zu Beginn fällt es schwer, die Gewohnheit verleitet zum Sprechen. Bald lernen es die Lippen, die Zunge rollt sich ein, und dann dreht es sich um. Man gewinnt die Innenwelt so lieb, dass man die äußere als lästige Zugabe empfindet. Als die Schweigezeit vorüber war, wollte ich nicht mehr sprechen. Als wäre mein Mund voller Sand, wälzten sich die Worte mühsam hervor und ich verstand nicht, wozu.

Dieses wunderbare Erleben ist wohl einem geschützten Umfeld wie diesem vorbehalten und alles, was ich darüber schreiben kann, wird der kostbaren Erfahrung nicht gerecht. Ich werde das Reden also weiterhin auf das absolut Nötige beschränken.

Nicht schweigen werde ich, wenn Du mich besuchst. Mein Mund wird zu Dir sprechen, mein Herz und meine Seele. Allem Rückzug zum Trotz, Dich zu sehen, ist und bleibt meine große Sehnsucht. Jeden Tag und jede Stunde, jeden Morgen und jeden Abend.

Sei umarmt! Immer die Deine, Veza.

Karmel, 19. Juli 1940

Meine liebe Lotti!

Bald vier Monate folgen meine Tage einer neuen Routine. Es ist ein gutes Leben, eines im Wechsel von Gebet und Arbeit, von Einsamkeit und Gemeinschaft. Und so fremd es jemandem erscheinen mag, der außerhalb dieser Mauern lebt, so selbstverständlich ist es für uns Schwestern. Es tut so gut, sich nicht unsichtbar machen zu müssen, sondern gleichwertiges, ja geschätztes Mitglied einer Gemeinschaft zu sein, Teil eines größeren Ganzen. Du weißt, wie einsam ich draußen sein konnte.

Die Pflichten des Alltags machen vor den Klostertoren nicht Halt. Wir kochen und waschen, halten unsere Räume sauber, arbeiten im Garten, auf dem Feld und im Stall. Wir versorgen uns weitestgehend selbst.

Stell Dir vor, seit ich ihnen vom Beruf meines Vaters erzählt habe und davon, wie gern ich ihm bei der Arbeit zugesehen habe, bin ich sogar zu einer Art hauseigener Schneiderin aufgestiegen. Sie bringen mir ihre Kleidungsstücke, die ausgebessert werden müssen.

Besonders lieb geworden sind mir die Stunden des stillen Gebets, je eine am frühen Morgen und eine am Abend. Auf dem Weg in die Innerlichkeit verstehe ich, dass ich mir alles rauben lassen muss, um die zu werden, die ich bin. Wenn ich bereit bin loszulassen, alles zu lassen, dann, und nur dann, kann ich um einen neuen Blick bitten. Es ist ein langer Weg, ein Weg, den ich mit Gott gehe.

In den Stunden der Stille besuche ich Dich, Lotti, jeden Tag besuche ich Dich, jeden Tag denke ich an Dich.

In Liebe und Dankbarkeit,
Veza

Karmel, 11. März 1942

Liebste Lotti,

aus Deinem Brief spricht Traurigkeit, gegen die ich ankämpfen möchte, ankämpfen muss. Du hast das Leben geliebt, vergiss das nie, und Du kannst, Du sollst es immer lieben, auch wenn ich Dir derzeit nur mit Gedanken und Worten zur Seite stehen kann. Denke nie, dass meine Liebe zu Ihm jene zu Dir gelöscht hätte. Im Gegenteil, im Zwiegespräch mit Gott wird vieles klarer, Unscharfes gewinnt an Kontur. Was Bestand hat, verdichtet sich und wächst, was bedeutungslos ist, schwindet und verstellt nicht den Blick.

Erinnere Dich an die kleinen Dosen, die wir uns zum Abschied geschenkt haben. Sie waren leer, in dem Sinn, dass sie keinen Gegenstand enthielten, und gleichzeitig waren sie prall gefüllt. Die Sonnenstrahlen und ihre Wärme habe ich dort für Dich eingefangen, meine Gedanken und meinen Trost. Öffne sie und Du wirst mich spüren, als spräche ich zu Dir. Du musst mich nicht anfassen können, um zu begreifen, wie sehr ich Dir zugetan bin.

Wenn ich mich mit Gott verbinde, kann ich überall zu Dir sprechen. Komm, Lotti, lassen wir uns Flügel wachsen und fliegen wir um die Welt. Bewundern wir ge-

meinsam die Schöpfung und ihre überwältigende Schönheit, die das Auge erkennen und die Seele kaum fassen kann. Diesen Reichtum, der einer geheimen Ordnung, einem verborgenen Sinn folgt. Nichts ist umsonst, nichts ist zufällig.
Weil es die Grenzen unseres Vorstellungsvermögens übersteigt, ordnen wir es ein, katalogisieren und schubladisieren.
Die gewaltige Größe der Schöpfung, deren Teil wir sind, können wir nicht ermessen.

Vertraue, Lotti, es wird alles gut.

Deine Veza

Karmel, 11. Mai 1944

Lotti,

sie kommen.

Ich habe Angst, aber ich nehme den Tod, den Er mir zugedacht hat, an. Gott versteht und Gott sieht Sinn, wo Menschen verzweifeln. Ich unterwerfe mich Seinem Willen und gehe voraus in Sein Reich, das auch für Dich kommen wird, in aller Herrlichkeit kommen wird.
Seine Geheimnisse sind die letzten Geheimnisse des Menschseins, wir sind zu klein, um zu verstehen.

Auf die Ewigkeit, Lotti, auf das ewige Leben, geliebte Freundin!

V.

Erde, 23. Mai 1944

Himmlische Veza,

Wer hat dich gehalten, als du gehen musstest?
Wer hat dir Trost gespendet, als sie dich brechen wollten?
Wer hat dich gewärmt, als du nur noch Kälte warst?

Ich war nicht bei dir, meine Worte frieren.

Einmal noch halten, einmal noch gehalten werden.

Und das Geträumte wird wahr, wenn du sagst *Komm*.

.

Verzeichnis der Zitate

Péter Nádas: *Parallelgeschichten*
(S. 43, S. 61, S. 67, S. 77, S. 86, S. 101,
S. 107, S. 117, S. 128, S. 151, S. 161)

Virginia Woolf: *Zum Leuchtturm*
(S. 35, S. 146)

Florjan Lipuš: *Boštjans Flug*
(S. 9, S. 14, S. 24, S. 52)

Claudia Sammer

Ein zögerndes Blau

Roman

176 Seiten, Hardcover mit
Schutzumschlag, € 20
ISBN 978-3-99200-230-6

Leon wollte rennen und suchen, finden und umarmen und war eingesperrt in dem unwillkürlichen Wogen der Menge, das seinen Körper in alle Richtungen verschob. Irgendwann wurde er an den ausfransenden Rand gespült und floh schluchzend auf eine Bank. Er winkte und rief, doch er sah nichts Bekanntes.

Ein Leben zwischen zwei Namen, zwei Sprachen, zwei Identitäten. Kann man alles verlieren, ohne ein anderer Mensch zu werden?

Zwei Kinder, Leon und Teres, stranden in den Wirren eines Krieges in einem fremden Land. Sie bleiben fremd unter Fremden, deren Sprache sie nicht sprechen, und erhalten von der Bauernfamilie, die sie aufnimmt, neue Namen und einen neuen, nie zuvor gedachten Lebensweg. Während Teres ein Leben lang mit Selbstzweifeln und Minderwertigkeitsgefühlen ringt, kämpft Leon für ein besseres Leben, bis auch er an seine Grenzen stößt und sich dem Zwiespalt und der Verleugnung stellen muss. Es ist die Geschichte zweier Menschen, die jenseits aller Selbstverständlichkeiten lernen müssen, ihr Leben neu zu denken.

braumüller